Neva Kuczynski   **Hirnwurm**

Neva Kuczynski

Hirnwurm
Zu Gast auf einer Irrfahrt

2021

Bibliografische Information der Deutschen Nationalbibliothek: Die
Deutsche Nationalbibliothek verzeichnet diese Publikation in der
Deutschen Nationalbibliografie; detaillierte bibliografische Daten
sind im Internet über http://dnb.d-nb.de abrufbar.

Herstellung und Verlag:
BoD – Books on Demand, Norderstedt

ISBN: 978-3-7526-2837-1

Inhalt

Kopfkrebs

„Ich bin hier, um zu beweisen, dass ich nicht verrückt bin!", schrie ich dem Pförtner ins Gesicht. Der zuckte zusammen und blickte mich einen Augenblick lang entgeistert an.

„Nun gut ... – Aber warum sind Sie dann hier?", fragte er mich. Der Mann hatte sich erstaunlich schnell wieder eingekriegt. Anscheinend hatte er schon so einiges erlebt, hier am Empfang des IPZ, des *Integrativen Psychiatrie-Zentrums*; der Pforte der Psychiatrie.

„Ich habe heute Morgen gegen meinen Kühlschrank getreten und möchte das von einem Arzt untersuchen lassen", sagte ich.

„Sie möchte hier aufgenommen werden", fügte Anton hinzu. Er hatte mich begleitet.

„Gut ... Dann folgen Sie mal dem Gang zu der Tür da hinten links entlang, da sitzt unser Arzt. Sie müssen aber bestimmt noch kurz im Wartezimmer Platz nehmen."

Der Pförtner wies mir also den Weg. Warten musste ich nicht lange, nachdem Anton noch ein paar kurze, aber wohl äußerst eindrückliche Worte mit ihm gewechselt hatte.

Ich trat durch eine massive Holztür. Dahinter befand sich ein großer, schlicht eingerichteter Raum, in dem ein freundlich dreinblickender Mann mit dicken Brillengläsern auf einem Bürostuhl hinter seinem Schreibtisch saß und mich hieß, Platz zu nehmen.

„Erzählen Sie: Warum sind Sie hier?" fragte er, nachdem ich die Tür geschlossen und mich gesetzt hatte. Ich blickte ihn eindringlich an.

„Mein Name ist Rike Lichtenberg. Ich kann beweisen, dass ich nicht verrückt bin. Ich habe eine neue philosophische Theorie aufgestellt. Ich habe zehn Gegenstände dabei, mit deren Hilfe ich Ihnen alles beweisen kann. Ich kann die Bibel widerlegen. Ich kann alles beweisen."

„Was wollen Sie denn beweisen?" fragte der Mann in einem nüchternen, aber nicht unfreundlichen Tonfall. Ich holte tief Luft. Lehnte mich zurück. Sammelte kurz meine Gedanken. Und begann meine Beweisführung.

♫ Satanshimmel voller Geigen – Samsas Traum

https://youtu.be/EN2LHO-G11Y

++
+++

Das Abgleiten in den Wahn. Die Selbst-Vernichtung. Selbst-Auflösung. Eliminierung des Ichs. Kann das wirklich funktionieren? Kann der Geist sterben, solange der Körper noch lebendig ist?
Aber... – was ist „Geist"?
Ist „Geist" lediglich Bewusstsein?
Und ist es das Bewusstsein meines Selbst, das mich zu einer Person macht?

Ich weiß es nicht.

++
++
+++++++++++

Wer sind wir, wenn wir in der Psychose sind? Bin ich wirklich noch ich, wenn sich meine Wahrnehmung plötzlich völlig verändert? Bin ich noch ich, wenn meine Prämissen und Vorannahmen plötzlich nicht mehr kohärent sind? Bin ich noch ich, wenn ich plötzlich so fühle, denke und damit auch handle, wie ich es zuvor nie getan hätte? Und hätte ich genauso gehandelt und gefühlt, wenn ich ohne diese Verschiebung meiner Wahrnehmung dasselbe gedacht hätte?

Fragen, die gestellt werden wollen.

*

*　*

Nehmen wir uns ein wenig Zeit. Nehmen wir uns Zeit, die Vorgeschichte zu erzählen, die Rikes Geist von seiner Bahn hat abgleiten lassen. Nehmen wir uns Zeit, bis wir wieder vor der Glasscheibe des Pförtners stehen.

Es war ein Akt gewesen, hierher zu kommen. Anton hatte mich hingeschoben, den ganzen Weg, während ich auf meinem Fahrrad saß. Es hatte etwas gedauert, bis wir den richtigen Neigungswinkel zum Halten des Gleichgewichts austariert hatten, aber insgesamt hatte es dann doch irgendwann recht gut funktioniert – auch wenn es für ihn sicherlich anstrengend gewesen war. Bevor wir aufbrachen, hatte ich notdürftig noch ein paar Gegenstände zusammengekramt, von denen ich glaubte, dass ich sie benötigen würde. Klamotten nicht, ich wollte ja nicht lange bleiben, aber meine Menstruationstasse, Kopfhörer, und – was besonders wichtig war – meinen Reisepass. Auf dem Weg ins IPZ hatte ich Anton dann noch einmal halten lassen, weil eine „Zu verschenken"-Kiste mit Büchern auf der Straße stand. Darin lag ein Buch, das mir besonders geeignet schien, um meine Argumentation zu untermauern. *Täglich die Angst* von Manfred Theisen. Auf dem Cover war das Gesicht eines Jungen abgebildet, der sich die Hand vor die Augen hielt. Es ging um Mobbing und Gewaltspiralen, wie ich beim Überfliegen des Klappentextes feststellte. Das passte allemal. Ich steckte es in meine Hosentasche.

*
* *

Vor zwei Wochen waren Anton und ich mit Freunden auf einem Konzert gewesen. Ein Konzert am Strand – Punkrock – eigentlich richtig geil. Wir haben getanzt und getrunken und gelacht, ganz schön viel – zu dritt haben wir eine Flasche Gin Tonic und eine Flasche Pfeffi vernichtet. Dann, nach dem Konzert, haben wir uns auf eine alte Palette gesetzt und einen geraucht. *Einen* ist untertrieben. Es waren mindestens drei Joints, die rumgegangen sind.

Es kam noch eine andere weibliche Person hinzu und zu dritt (die anderen waren mittlerweile nach Hause gefahren) haben wir dann noch eine ganze Weile da rumgesessen, geredet und geraucht. Irgendwann setzte sich auch der Gitarrist der Band zu uns. Anton war zu der Zeit nachtaktiver als ich, und gegen 3 Uhr nachts war ich dann nur noch müde und hatte das Bedürfnis zu schlafen. Wieso fuhr ich nicht allein nach Hause? Ah ja. Er kannte den Weg nicht. Vielleicht ist das gelogen. Vielleicht war das auch nur diese vermeintliche Abhängigkeit in einer Partnerschaft, die sich Paare so häufig selbst auferlegen.

Also: Wir waren bekifft und besoffen an diesem Abend, berauscht und betrunken. Irgendwann konnte sich dann auch Anton aus der Situation lösen und wir fuhren mit dem Rad nach Hause. Das erste Stück zu dritt, weil wir dieselbe Richtung hatten, und dann eben nur noch zu zweit. Ich kann mich nicht mehr an diese Fahrt erinnern; sie war wohl auch nicht besonders spektakulär, ich dafür aber besonders müde.

In der WG unserer Freunde angekommen, in der wir pennten, putzte ich mir sofort die Zähne und legte mich ins Bett. Das heißt, legte mich auf die Matratze, die in der

Ecke lag, und auf der immer, wenn sie frei war, Gäste übernachten konnten. Ich glaube, ich muss straight eingeschlafen sein; Anton kam wohl nur einige Minuten später hinzu. Ich merkte noch, wie er sich von hinten an mich kuschelte, und (weil ich nackt war? keine Ahnung) sein Penis steif wurde und er versuchte, von hinten meine Unterhose hochzuschieben und in mich einzudringen.

„Ich bin super müde" oder sowas Ähnliches muss ich gemurmelt haben und rückte von ihm weg. Viel Platz zur Wand war da nicht mehr.

„Kann ich dann wenigstens meinen Penis zwischen deine Beine legen?" fragte er.

Ich sagte „Ja" und schlief wieder ein.

Ich wachte davon auf, dass er mit energischen, harten Stößen in mich eindrang. Es tat weh, weil ich so gar nicht erregt war, und ich wollte es einfach nicht. Trotzdem – trotz dem! – stöhnte ich und Anton machte weiter. Immer weiter; harte, schnelle Stöße. Hör auf! schrie mein Gehirn. Hör auf! Doch mein Mund sagte nichts, ich konnte die Worte nicht herausbringen, ich fühlte mich in dem Moment vollkommen fremdbestimmt. Ich wollte einfach nur schlafen; weg hier, raus aus dem Szenario! Ich wusste, es würde irgendwann aufhören und ertrug es. Ließ es über mich ergehen. Irgendwann war er dann auch fertig oder hatte selbst keine Lust mehr, und ich verfiel traumlos in den Schlaf.

„Es war eine Vergewaltigung" sagte ich vorgestern zu ihm, am Telefon bei meinen Eltern. Ich war zu ihnen gefahren, um etwas Abstand zu gewinnen, und um zu versuchen, mich wieder auf mich selbst zu besinnen. Erst bestritt Anton, dass es eine Vergewaltigung gewesen sei, dann sprachen wir darüber, wie wir jeweils die Situation erlebt hatten, und dann schickte er mir Fotos von handschriftlichen Entschuldigungen und Versprechungen, so etwas nie wieder zu tun.

Gestern haben wir nochmal telefoniert und einigten uns auf den Terminus „uneinvernehmlichen Sex". Jetzt würde ich es als sexuellen Übergriff bezeichnen.

Letztlich ist die Bezeichnung egal.

♫ Fiamma's Theme – Cracks

https://www.youtube.com/watch?v=6EObyF9KWZo

Ich kam nach Hause zurück. Anton holte mich vom Bahnhof ab. In der Hand hielt er einen Strauß Blumen.

„Der ist für dich!", sagte er, und drücke ihn mir in die Hand. Ich freute mich über die Blumen, und gleichzeitig war ich stutzig. So etwas hatte er noch nie gemacht. Nun gut, stören sollte es mich nicht.

„Wie geht es dir?", fragte ich ihn, weil ich nicht genau wusste, was ich sonst hätte sagen sollen.

„Gut", antwortete er. „Und dir?"

„Oooh ...!" platzte es aus mir heraus. „Ich muss dir ultra viel erzählen!"

„Na dann schieß los", sagte er, und ich schilderte ihm, wie ich die letzte Woche erlebt hatte.

Ich erzählte ihm, dass ich die Bibel neu ausgelegt hatte. Genauer gesagt, die Geschichte mit Eva, der Schlange, und dem Paradies. Ich hatte einen Pfirsich dabei, aus dem Nachbarsgarten meiner Eltern, den wir anstelle des Paradiesapfels gemeinsam verspeisen sollten. Die ersten Menschen wollten, wie auch wir heute noch - und gerade Anton und ich sahen uns da in philosophischer Tradition - an das Innere des Apfels gelangen, den Kern, und wurden deshalb aus dem Paradies verstoßen. Weil sie sahen, dass es in Wahrheit keinen Gott gab und, darüber hinaus und stattdessen, so viel Leid und Missstände auf dieser Erde. Blaue oder rote Pille? Apfelkerngehäuse oder nicht?

Dass ich beim Rummikub-Spielen herausgefunden hatte, dass meine Mutter als Kind von ihrem Vater vergewaltigt worden war und dass sie Anton in der Familie willkommen hieße. Auch ein gemeinsames Kind von ihm und mir würde sie begrüßen, aber das sagte ich Anton nicht. Dass mein Opa nur noch zehn Tage zu leben haben würde. Und – und das war das Krasseste –, dass er das Ticken der Todesuhr oder, wie er sagte, weil er gläubig war, das Klopfen Gottes in seinem Hirn hörte. Anton war, je ausführlicher ich ihm alles erzählte, mehr und mehr verunsichert.

„Bist du sicher, Rike?", fragte er.

„Doch! Ganz sicher!"

Als Beweis holte ich meinen Taschenkalender hervor, allerdings nur ganz kurz, und steckte ihn dann schnell wieder in meine Innentasche zurück, so wertvoll war er mir.

„Hier in diesem Kalender habe ich alles aufgeschrieben. Habe alles ausgerechnet, gerade eben erst, auf der Zugfahrt. Und es stimmt! Die Berechnungen haben es bestätigt! Alles deutet darauf hin!"

„Worauf deutet alles hin?"

„Bald, in genau einem Monat, wird hier in ^dieser Stadt irgendwas passieren. Eine große Revolte wird ausbrechen. Eine vorrevolutionäre Situation. Und dann, Anton, dann wird sich die Welt verändern! Ganz sicher."

„Hmm …", machte er. „Ich glaube ehrlich gesagt nicht, dass eine einzelne Revolte die Welt verändern kann. Und wie, bitte schön, hast du das ausgerechnet?"

„Die Zeichen sprechen alle dafür! Zumindest – zumindest wird etwas ganz Großes passieren!"

„Welche Zeichen denn?", fragte Anton stirnrunzelnd.

„Na, alle Zeichen! Das hier auf der Erde zum Beispiel. Siehst du?" Auf dem Boden war etwas mit Sprühkreide gemalt.

„Da: zwei parallele Linien, zwischen denen sich eine weitere Linie entlang schlängelt. Die beiden Linien stehen für die äußere Form; die Geradlinigkeit des Lebens. Allerdings gibt es zwei Ufer. Das diesseitige, man könnte auch sagen, die „äußere" Welt, oder mit Camus „die menschliche Vernunft", also die vielbeschworene Realität. Das andere Ufer, an der anderen Linie, ist das Jenseits. Nicht der Tod, nein – wobei sicherlich auch das möglich wäre – sondern die jenseitige „innere" Welt. Nur wenige Menschen machen die Erfahrung, diese zu betreten; beziehungsweise, wenn sie es tun, dann nicht bewusst. Oder es ist, nach Camus, die „Unvernunft der Welt", nach Jaspers die „Transzendenz". Quasi das, was an den Grenzen unseres Verstandes liegt. Unsere Aufgabe ist es, zwischen diesen beiden Welten hin- und herzuwechseln – das zeigen die Schlangenlinien. Wenn wir das viel üben, gut können, und es regelmäßig tun, wie diese sinusförmigen Wellenlinien anzeigen, dann ergibt sich irgendwann eine Synthese aus diesen beiden Welten. Eine Synthese zwischen innerer und äußerer Welt. Zwischen dem Diesseits und dem Jenseits. Dann finden wir zu unserem wahren Selbst. Erkennen so viel mehr, alles, die Wahrheit!"

„Und, meinst du nicht, das kann auch etwas mit dem Hin und Her zwischen zwei Extremen zu tun haben?", fragte Anton, und sein rechter Mundwinkel hob sich lächelnd.

„Doch!" rief ich begeistert. Er hatte es erkannt! „Das auch! Kein gleichförmiges, regelmäßiges Leben. Sonden ein *Up and Down*. Ein Hin und Her."

„Ein Ping und Pong!", lachte er. Ich war ein wenig irritiert, aber auch begeistert über diese Assoziation.

„Ja! Genau! Ein Ping und Pong! Wie das Spiel! Genau wie das Spiel!"

„Ich glaube, du brauchst mal eine ordentliche Portion Schlaf, Rike", sagte Anton.

Also schlief ich. Schlief, und stand am nächsten Morgen wieder auf, wie man es an den meisten Morgen seines Lebens tut.

Donnerstag, 30.08.2018

Dieser Morgen war anders.

Ein Knall. Eine Explosion in meinem Kopf. Ich war aufgewacht und habe geschrien.

Dann bin ich aufgestanden. Habe erst einmal ein Plakat von meiner Wand gerissen und es in viele kleine Schnipsel zerteilt. Ich weiß nicht wieso, aber das muss irgendwie wichtig gewesen sein.

Ich habe mein Zimmer verlassen, bin ins Wohnzimmer gelaufen und habe die Bücher aus dem Regal gerissen. Sämtliche Bücher, die ich in den letzten Jahren und Monaten gelesen habe und die ja irgendwo auch das Fundament meines Bewusstseins bildeten. Dann bin ich in die Küche gelaufen. In die Küche gelaufen, musste schreien, als ich diesen blöden Kühlschrank sah, und habe, um meinen inneren Furor zu veräußern und weil ich dachte, dass dieses Gerät aufgrund seiner Massivität am wenigsten Schaden nimmt, gegen unseren Kühlschrank getreten. Habe gegen den Kühlschrank getreten, so feste und doll, wie ich konnte. All meine Kraft, meine Wut und meinen Zorn habe ich da reingelegt!

Der Schmerz hat mir dann geholfen, etwas runter zu kommen. Beziehungsweise hat mich dazu gezwungen, runterkommen, da es so sehr wehtat und ich körperlich erst einmal außer Gefecht gesetzt war. Ich habe mir dann ein großes Glas Wasser genommen und habe mich im Wohnzimmer auf die Couch gesetzt. Habe mich auf die Couch gesetzt und den Fuß hochgelegt. Den Fuß hochgelegt, der ziemlich schmerzte.

Irgendwann kam dann Christian, mein Mitbewohner, aus seinem Zimmer, noch in Unterwäsche, war wohl gerade erst aufgestanden. Er hat mich gefragt, was denn los sei.

„Manchmal muss man einfach ausrasten." Das verstand er.

„Aber lass beim nächsten Mal wenigstens die Bücher im Regal. Das war ganz schön laut."

Eine ganze Weile habe ich dann so auf der Couch gesessen und versucht, meine Gedanken zu ordnen, während ich das Glas Wasser in langen Zügen leer trank. Ich dachte nach. Ich musste heute noch die Stipendienbewerbung fertig machen; heute war der letzte Tag vor der Deadline. Das sollte aber eigentlich schnell gehen; ich musste nur noch ein paar Daten für meinen Lebenslauf raussuchen. Das wollte ich machen, und diesen Haufen an Mails beantworten. Eine Journalistin hatte mir schon vor zwei Tagen geschrieben, als ich noch bei meinen Eltern gewesen war. Die wollten aus meinem Studi-Projekt wohl wirklich ein großes Ding machen! Toll. Ich hatte bis jetzt keine Zeit gehabt, mich da drum zu kümmern, hatte sowieso immer zu viel zu tun in letzter Zeit, aber das war jetzt wirklich wichtig! Es galt: Schnell keine Zeit verlieren.

Das Glas Wasser war leer. Ich ging in mein Zimmer, öffnete mein Fenster, und warf es auf die Straße. Ich brauchte es jetzt nicht mehr. Dann habe ich mich in die Küche an meinen Laptop gesetzt. Mein Mitbewohner kam nach zehn bis fünfzehn Minuten erneut aus seinem Zimmer und fragte, ob alles okay sei mit mir. Mein Fuß tat noch immer höllisch weh, und das sagte ich ihm auch, und ebenso, dass ich nachher zum Arzt gehen wolle. Ich wollte aber erst noch meinen Lebenslauf vervollständigen und die Stipendienbewerbung abschicken.

Er kochte sich einen Kaffee, nahm die Milchtüte aus dem Kühlschrank, der gänzlich unversehrt geblieben war, und beides mit auf sein Zimmer. Ich stand auch auf und wollte noch kurz das Ladekabel für meinen Laptop holen.

An der Wand über meinem Schreibtisch hing das Bild, das meine erste große Liebe und damals auch engste Freundin Clara mal gezeichnet hatte. Es stellte meinen Lieblingscharakter in einer unserer Geschichten dar. Ich hatte es, als ich hier eingezogen war, dort aufgehängt, aber ihm seitdem kaum Beachtung geschenkt. Jetzt entdeckte ich es, neu, und vor allem eine Nachricht, die sie darauf hinterlassen haben musste. Eine Nachricht für Christian. Eigentlich wollte ich die Bewerbung machen, aber das war jetzt echt akut.

Ich ging ins Nebenzimmer rüber und erzählte Christian, was ich entdeckt hatte. Er saß am Schreibtisch und schnitt Tracks zusammen.

„Ihr müsst euch unbedingt connecten!" rief ich, immer wieder. Clara machte nämlich auch Musik, so wie er! Dass ich darauf nicht früher gekommen war!

V.i.C. stand auf ihrem Bild. Sie hatte mir das Bild gegeben, bevor sie aufgrund ihres ersten Suizidversuchs in die Psychiatrie gekommen war. Dass ich das nicht vorher gelesen habe!

Ich zeigte Christian das Bild und auch die Botschaft.

„Was heißt das denn?", fragte Christian.

„Victim in Cancer! Kopfkrebs!"

Ja, das war es! Ein inhärenter Hilfeschrei! Sie hatte geschrien, früher schon! Ich kannte das Gefühl. Kannte es, wenn der Kopf immer voller wurde, immer drängender und dichter die Gedanken, zu zog sich langsam das Gehirn. Alle Weiten und Freiflächen, die vorher noch da gewesen waren und Träumereien und Entspannung bedeutet hatten, wie junggrüne Wiesen im Tau des Tagesanbruchs, wurden überfüllt, bemalt, geschwärzt; durchzogen von Fäden und Schlieren, immer mehr, ein Netz aus Schwarz, das in erschreckend rasender Geschwindigkeit immer feinmaschiger wurde. Wurmlöcher, Gänge, schwarze tote Tunnel in den Windungen meines Gehirns. Gedanken, viel zu schnell, brodelnd, rasend, die irgendwie rausmussten, damit der Kopf nicht explodiert.

Kratzen Kratzen Ritzen Kopf gegen Wand war dann mein Impuls. Wie ein schwelendes Feuer fraßen sich diese parasitären Gedankenkonstrukte durch mein Hirn und hinterließen wüste Leere. Brandlöcher, Schwärze, Nichts.

Tuscheln. Ein Tuscheln, als sei die ganze Welt davon erfüllt. Hallend im Raum, der mir so unglaublich fremd ist, fremd in meinem eigenen Kopf, in einem Kopf, der mir verschlossen blieb, den ich nicht kannte, einem Geist, dem ich mich nicht zugehörig fühlte. Mein ganzes Hirn tuschelt über mich.

Ich schrieb und schrieb und schrieb.

+++
++
+++++++++++++sw28#snl   +++++++++++++++++
~~gkh*13042~~++++++++++++++++++++++++

fische und vögel ++

++++++**den letzten vogel abgeschossen**++++++++++++
+++++++++++++++++++

2931qwfn4327+++++++++++++++++++++++++++++++++

<u>Ich suche mir den losen Ziegel.</u>

+++++++++++++++++++++++++++++++
+++++++++++~~v7382976ve~~++++++++++++++*p3678hu-l3g*++
    eBert#1254wBerl++++++++++++++++++++++++
+++++++++
+++
+++

Christian hatte Anton eine Nachricht geschickt. Der war vorbeigekommen, und die beiden wollten mich zum Arzt begleiten. Das war gar nicht schlecht, als Stütze konnte ich sie gut gebrauchen, denn ich konnte nur noch humpeln.

Anton wollte mich überzeugen, in die Psychiatrie zu gehen. Er sagte, ich bräuchte professionelle Hilfe. *Das* sei eine Nummer zu groß für uns. Ich wollteauf alle Fälle erst einmal meinen Knöchel untersuchen lassen. Das war das Einzige, was ein langfristiger Schaden sein könnte, und vor allem auch das einzige, wobei mir andere Menschen überhaupt helfen konnten, dachte ich.

Auf Anton gestützt humpelte ich zum Arzt. Der war glücklicherweise nicht weit entfernt; er war direkt in der Nebenstraße. Die letzten paar Meter ließ Anton mich dann allein nehmen, er wollte noch mal kurz zurück in die WG, um meine Versichertenkarte zu holen. In dieser „Kurz zurück"-Zeit muss bei uns beiden viel passiert sein. Er telefonierte mit meiner Mutter, die seine Sorge um mich teilte; mit einer Freundin, die selbst einmal in psychiatrischer Behandlung gewesen war und sagte, dass das IPZ eine gute Anlaufstation sei, und sprach mit Christian, was denn eigentlich genau passiert sei.

Ich hüpfte einbeinig in das Ärzt*innenzentrum und wollte mich anmelden.

An der Theke: „Wir sind aber ein Augenarzt", sagte die Frau mir. „Der nächste Hausarzt ist um die Ecke." Verwunderung. Ich also wieder raus, aber das Laufen tat zu sehr weh, so dass ich mich auf ein niedriges Mäuerchen gegenüber des Ärzt*innenzentrums setzen und das Bein hochlegen musste. Ich saß dann da, betrachtete die spielenden Kinder und fragte mich, wo die so plötzlich herkamen.

Dann kam ein alter Mann auf mich zu. Er blickte mich an und lächelte. Ich wunderte mich, fragte mich, ob er mich kannte, erkannte dann aber, als ich ihm in die Augen schaute, dass es mein ehemaliger Kampfkunstlehrer war. Er hatte denselben Gang, und diese hatte sonst niemand. Ich stand auf und umarmte ihn.

Mein Sensei lebte hunderte Kilometer weit weg. Ich hatte schon lange nichts mehr von ihm gehört und mich auch nicht bei ihm gemeldet und wusste gar nicht, dass er noch lebte. Er war sehr krank, hatte mein Bruder gesagt. Umso mehr freute ich mich, ihn jetzt zu sehen. Er musste noch ein letztes Mal vorbeigekommen sein, um mich zu besuchen. Oder er lag bereits im Sterben, oder war gestern gestorben, und dies war sein Geist, der mir erschien ein Abbild seiner selbst.

Jedenfalls war er da, ich konnte ihm noch einmal begegnen, hier, so weit weg von dem Ort, an dem wir zusammen trainiert hatten.

„Was hast du denn gemacht?", fragte er mich, nachdem ich mich wieder gesetzt hatte, ohne Vorankündigung und damit überraschend plötzlich.

„Äh ... Ich habe mir den Fuß umgeknickt", antwortete ich, wahrheitsgetreu und auf die Schnelle auch zu keiner anderen Antwort fähig.

„Ouh, zeig mal her", sagte er, und trat auf mich zu. „Ich war früher Sportlehrer."

„Weiß ich" lächelte ich.

Der alte Mann betastete meinen Fuß. Er nahm ihn in seine linke Hand und betrachtete ihn genau. „Kühlen und hochlegen", riet er mir.

„Vielen Dank ...", stammelte ich, wie immer überrumpelt von seiner offenen Freundlichkeit. „Aber, vielleicht gehe ich doch lieber zum Arzt", sagte ich.

„Mach das. Schaden kann das nicht." Da kam plötzlich ein Kind mit einem Roller um die Ecke gepest. „Pass auf!" rief er dem Jungen zu.

„Mannmannmann, sind die schnell heutzutage. Nun gut, ich gehe jetzt auch zum Arzt – allerdings zum Augenarzt." Ich lächelte. Er setzte seinen Weg fort.

Ich hing dieser Begegnung noch einige Minuten in meinen Gedanken nach. Ich meinte, seine warmen und wohltuenden Hände noch immer auf meinem Knöchel zu spüren. So sitzend stießen dann irgendwann Anton und Christian zu mir.

„Wo warst du? Wir haben dich bestimmt ne halbe Stunde gesucht!", begrüßte mich Christian.

„Äh... Echt? Ich saß hier eigentlich die ganze Zeit. Das ist nämlich gar kein Allgemeinmediziner. Das ist ein Augenarzt."

„Kann nicht sein...", murmelte Anton. „Warst du schon bei nem anderen Arzt?"

„Nee. Wollte ich eigentlich machen..." Ich verschwieg, dass ich es nur nicht getan hatte, weil mein Knöchel zu sehr wehtat, und ich es dann über diesen wunderlichen Zwichenfall vergessen hatte. „Aber jetzt bin ich echt fertig. Lass uns lieber nach Hause gehen. Ich habe gerade meinen Sensei getroffen. Ich bin total durch." Die beiden stimmten mir zu.

Wieder zu Hause angekommen, wollte Anton mich dann überreden, sofort mit ihm ins IPZ zu fahren. „Warte... Ich muss nur noch dieses eine Datum hier im

Lebenslauf ergänzen...“, sagte ich. „Dann kann ich den abschicken.“ Das war schließlich schon vorher mein Plan
gewesen.

„Gut. Mach das.“

Ich setzte mich also an meinen Laptop und schaltete
ihn an. Blickte auf das Ding. Stierte auf den Bildschirm.
Sah zwar, dass der irgendetwas zeigte. Konnte aber nicht
begreifen, was. Wusste nicht, was ich machen wollte.
Wusste nicht, wie man das Ding bediente und was man
überhaupt damit anfangen sollte.

In der oberen linken Ecke dieser mittlerweile wieder
schwarz gewordenen Fläche saß eine einzelne Fliege. Ein
kleines ovales, filigranes und geflügeltes Ding. Ein runder, schwarzer Punkt auf einem großen, aschgrauen
Rechteck.

Das Bild dieser einen Fliege auf der Weite meines
Bildschirms, der Kontrast zwischen Lebendigem und to-
ter technischer Materie, hat sich tief in meinen Geist ge-
brannt.

Ich brach das Vorhaben ab. Ich merkte, dass das heute
nichts mehr wurde. Ich konnte mich nicht konzentrieren.
Es nützte nichts. Die Frist war morgen vorbei. Vielleicht
konnte ich es ja beim nächsten Mal noch einmal versuchen.

Ich gab auf.

Erster Teil

Tröpfchenlust

„Mein Name ist Rike Lichtenberg. Ich kann beweisen, dass ich nicht verrückt bin. Ich habe eine neue philosophische Theorie aufgestellt. Ich habe zehn Gegenstände dabei, mit deren Hilfe ich Ihnen alles beweisen kann. Ich kann die Bibel widerlegen. Ich kann alles beweisen."

„Was wollen Sie denn beweisen?", fragte der Mann in einem sachlichen, aber nicht unfreundlichen Tonfall. Ich holte tief Luft. Lehnte mich zurück. Sammelte kurz meine Gedanken. Und begann die Beweisführung.

Ich sitze also vor einem freundlich dreinblickenden Mann mit dicken Brillengläsern. Er ist mein Sparring-Partner. An ihm soll meine Theorie zugrunde gehen.

„Erstens: Kennen Sie *the expanding circle* von Peter Singer? Seine Theorie besagt, die historischen Geschehnisse zugrunde nehmend, dass die Gesellschaft immer mehr Unterdrückte befreit. Wenn Sie mir ein Blatt Papier geben und einen Stift, kann ich Ihnen das aufmalen." Er reagierte nicht. Ich griff mir die geforderten Gegenstände von seinem Schreibtisch und malte in der Mitte des Papiers einen Kreis auf.

„Hier! Erst wurden die Sklaven aus der Unterdrückung befreit. *British Mayflower* und so, Sie wissen

28

schon." Ich malte einen weiteren, größeren Kreis um den ersten herum. „Dann Farbige. Martin Luther King, Malcolm X." Ein weiterer Kreis. „Frauen." Noch einer, allerdings nur gestrichelt. „Homosexuelle. Nach Singer kommen nun als nächstes die Tiere. Ich füge dazwischen noch den Kreis der Nicht-Heteronormativen Menschen hinzu. Bisexuell, pansexuell, polyamor, monogam... Egal, Hauptsache Liebe. Als queere Frau wurde ich jahrelang von der Gesellschaft mental unterdrückt, und dass, obwohl ich aus ihrer privilegierten Mitte bin!" Ich kramte meine Menstruationstasse aus der linken Hosentasche und legte sie auf den Tisch.

„Ich habe ungeschützten Geschlechtsverkehr mit meinem Freund gehabt. Ich habe selber abgetrieben, durch reine Willenskraft, weil ich das Kind nicht wollte. Weil ich meinen Körper beobachte und nicht hormonell verhüte, kenne ich ihn und weiß, wie er funktioniert. Ich kenne auch meine Seele, meinen Geist, und weiß auch, wie der tickt." Ich holte das Buch heraus und knallte auch das vor ihm hin.

„Ich habe Angst. Angst um das Wissen, das ich habe. Angst vor dem Wissen. Angst vor den Menschen um mich herum. Ich weiß nicht, wem ich vertrauen kann. Deshalb kann ich niemanden trauen. Ich werde verfolgt, das weiß ich. Verfolgt und unterdrückt. Wenn Sie mir das nicht glauben, lesen Sie es in diesem Buch nach. Ich habe es grade gefunden, und da steht alles drin.

Entschuldigung, dass ich so aufbrausend bin. Wenn ich Sie verbal so unterdrücke, aber genau das hat die Gesellschaft jahrelang mit mir getan. Nun aber habe ich mich aus dieser Unterdrückung befreit. Nun weiß ich. Ich *weiß*." Voller Nachdruck hatte ich diese letzten beiden Worte gesprochen und blickte ihn so eindringlich an, wie es mir in dem Moment möglich war. Ich spürte, wie sich sein Hirn unter dieser unbestechlichen Logik windete.

♫ Macht kaputt was euch kaputt macht
Ton Steine Scherben

https://www.youtube.com/watch?v=WTE28YU_FrY

„Ich will nicht in einer Gesellschaft leben, die von gegenseitiger Konkurrenz bestimmt ist. Die nur immer größer, immer mehr, immer weiter, immer höher will. In einem System, dass uns dazu zwingt, uns gegenseitig zu übertreffen und ausschalten zu wollen. Ein System, in dem es nur um Produktivität und Leistung geht. Ein System, das Klassen und Feindbilder schafft. Ein System, in dem ich nicht weiß, wem ich vertrauen kann, und in dem ich deshalb vor allem Angst haben muss.

Ich habe mich im letzten Semester viel mit Hegel und Marx beschäftigt. Ich kenne das dialektische Geschichtsverständnis Hegels und weiß dank Marx, wie der Kapitalismus funktioniert. Ich studiere Philosophie und weiß, wie der einzelne Mensch, das Individuum, aber auch, wie unsere Gesellschaft als Gesamtes funktioniert. Ich kenne meinen eigenen Körper als Frau und weiß, wie die gesamte belebte Natur eingerichtet ist. Das Bedürfnis nach Wahrheit hat nicht nur Eva und Adam aus dem Paradies verdrängt.

Das Vordringen zum Kern des Apfels, zu Erkenntnis und wahrem Wissen, verstößt auch uns aus diesen selbst geschaffenen sozialen Konstrukten, die wir Realität nennen.

Das Hinterfragen von allem und jedem lässt diese ‚Realität' und gesellschaftlich geteilte Wahrnehmung in tausend Scherben zerspringen; wie ein Wasserglas, das auf der Straße zerschellt. In der Luft noch glitzert das Glas, glänzt, schimmert; fängt all das feine Fissellicht um sich herum ein und gibt sich in herrlich-durscheinender Eleganz. Doch dann, plötzlich, am Boden angekommen, zerbricht es, prallt auf, zerschellt, an den Dingen, die es zuvor niemals kommen gesehen, geschweige denn geahnt hat. Der grundlegende Zweifel, der den Beginn allen Denkens darstellt, lässt unsere Überzeugung lichterloh brennen wie eine Flammenzunge, die das Gekritzel auf einem Blatt Papier verschlingt.

Dieser radikale Zweifel ist es, der mein Denken bestimmt, und der mich hierhergeführt hat. Deshalb bin ich hier. Ich bin hier, weil ich die Wahrheit erkannt habe."

Ich musste kurz Luft holen. Holte meinen Reisepass aus der Tasche.

„Ich will das alles aufschreiben. Sie sind der erste, dem ich das erzählt habe. Deshalb bitte ich sie, mich zu beschützen. Ich möchte nach England auswandern. Helfen Sie mir. Das ist ihre Pflicht."

Der Mensch hatte sich einige Notizen auf einer pinken Karteikarte gemacht, die er nun mit einer weiteren, anderen Karte verglich. Ich weiß nicht genau, was er sich da aufgeschrieben hat, aber ich sah, dass auf der Rückseite zumindest einige Nummern standen. Vermutlich waren das die Karten von Anton und mir, in ihrer Großen Kartei. Karten, die speicherten, wer wir waren, was wir taten, unser Erbgut auf qualitative Kriterien überprüften und das in irgendwelche numerischen Raster kategorisierten. Überwachungsstaat. Alles wurde überwacht. Ob es richtig war, mich ihm anvertraut zu haben? Welche andere Möglichkeit war mir geblieben?

Vielleicht prüfte er, ob man Anton und mich gut kreuzen konnte. Überprüfte, wann der beste Zeitpunkt dafür war. War Anton schon einmal hier gewesen und hatte Samenzellen gespendet?

Ich wusste nicht, an welchem Ort ich gelandet war. Ich wusste nicht, was sie hier mit mir machen würden.

Man brachte mich auf Station P4b.

+++
+++++++++

Psychopathlogischer Befund:
Bewusstsein: wach und klar, **Orientierung:** voll orientiert, **Auffassung, Konzentration, Mnestik:** gestört, Konzentration mäßig gestört, Merkfähigkeit leicht gestört, Konfabulation nicht vorhanden, **Psychomotorik:** unruhig, maniriert, theatralisch, logorrhoisch, **Zirkadiane Besonderheiten:** keine, **Schlaf:** mit Einschlafstörungen und Durchschlafstörungen, **Formales Denken:** beschleunigt, assoziativ gelockert, zerfahren, weitschweifig, umständlich, Danebenreden, Gedankendrängen, ideenflüchtig, **Inhaltliches Denken:** gestört, Wahn Verdacht auf Wahnstimmung, Wahngedanken, spezielle Wahnthemen Beziehungswahn, Beeinträchtigungswahn, Größenwahn, **Ich-Erleben:** Verdacht auf Gedankenausbreitung, Gedankeneingebung, **Wahrnehmungsstörungen:** Verdacht auf akustische Halluzination, **Affektivität:** Grundstimmung euphorisch, Schwingungsfähigkeit affektlabil, weitere Störungen gereizt, ambivalent, **Ängste:** frei flottierend, **Zwänge:** gesteigert, **Antrieb:** gesteigert, **Krankheitseinsicht:** nicht vorhanden, **Appetit:** unverändert, **Erscheinungsbild:** vernachlässigt, **Kontaktverhalten:** freundlich, zugewandt, **Eigengefährdung:** Suizidgedanken, aber absprachefähig, **Fremdgefährdung:** keine akute

+++
+++++++++

♫ Asexual Burnout Sisters – Schweineliebe

https://www.youtube.com/watch?v=ICqAu4JunyA

SO BEGANN ALSO MEIN ERSTER AUFENTHALT IM IPZ. Auf der im Fachjargon „geschützten" Station angekommen, wurde ich zunächst in den Garten geführt. Anton kam auch mit. Es dämmerte bereits.

Der Garten war schön. Es gab drei Strandkörbe, eine überdachte Sitzecke, zwei Stehtische mit Aschenbechern zum Rauchen, ein Volleyballnetz, eine Tischtennisplatte und zwei große, schöne Eichen.

In einem der Strandkörbe saßen ein Mann und eine Frau, vermutlich ein Paar. Ich erkannte, dass die Frau die Mutter von Clara war.

Clara und ich haben vor allem die Zeit geteilt, in der das Leben beginnt, schwierig zu werden. Die Zeit, in der die Dinge zunehmend an Komplexität gewannen und ich mir sowohl meiner selbst als auch des Nicht-Vorhan-denseins eines transzendentalen Sinns immer mehr be-wusstwurde. Wir teilten diese Auffassung, den Schmerz über den Verlust des Magischen, den Schmerz über den Eintritt in die Vernunft; den Eintritt in die „Erwachsenen-welt" und die damit verbundenen Pflichten und Verant-wortlichkeiten.

Wir waren alles füreinander. Beste Freundinnen und Geliebte. Seelenverwandte und Konkurrentinnen. Clara hatte zwischendurch eine andere beste Freundin, und ich neidete sie ihr und mochte sie nicht. „Du Neidhammel" hat Clara damals zu mir gesagt.

Ich glaube, ich habe sie geliebt. Meine erste, große Liebe, was ich aber, als ebenfalls weibliche Person, nicht verstanden habe.

Clara und ich haben in ihrem kleinen Zimmer in der noch viel kleineren Wohnung, in der sie mit ihrer alleinerzie-henden Mutter lebte, fabulöse Rollenspiele gespielt mit

selbst kreierten Charakteren und einer eigenen Story-
line. Mal war sie eine Harpyie und ich ein Mädchen mit
Wunderkräften. Mal waren wir Prostituierte. Mal sie
Casa, der Casanova, und ich Amelie, seine Geliebte.

Am liebsten aber war ich Sora, eine starke, unabhängige Persönlichkeit mit einem mächtigen Schwert, aber
auch darin bewandert, ohne Waffen zu kämpfen. Auf den
ersten Blick klein und unschuldig, aber, wenn man erst
mal meine Kraft zu spüren bekam, oho! Sora war frech,
rebellisch, wunderbar.

Und Clara – Clara war am liebsten die Geheimnisvolle.
Eine verschlossene, tiefsinnige Persönlichkeit, die stets
so wirkte, als sei ihr Geist in andren, höheren Sphären;
ruhig und unnahbar. Düster, irgendwo, aber auch von
atemberaubender Anmut.

Wir schrieben uns Briefe, beinahe jeden Tag, in denen
wir unsere tiefsten Gedanken einander offenbarten.
Clara zeichnete viel, und ich schrieb Kurzgeschichten.

Und jetzt saß sie also vor mir. Claras Mutter, mit ihrem
Freund. War es ihr Freund? Die hatten sich doch längst
getrennt. Oder war es ihr ältester Sohn? Ich wusste es
nicht.

Ich sah in ihrem Gesicht eine tiefe Enttäuschung und
Schmerz; die Auswirkungen zu vieler Ungerechtigkeiten,
die diese Person erfahren musste. Sie schien eine liebe,
zarte Frau, der das Leben übel mitgespielt hatte; vielleicht hate sie selbst auch eigene Anteile daran. Ich war
überrascht und froh, sie zu sehen. Ein bekanntes Gesicht,
zudem eine Person, die mir vielleicht etwas von Clara erzählen konnte.

Ich setzte mich zu den beiden ins Gras. Anton setzte
sich neben mich. Ich glaube, er wusste nicht, wer da vor
ihm im Strandkorb saß, und eigentlich hätte er mich auch

nicht betreuen müssen. Ich lernte Menschen gerne alleine kennen. Irgendwann ging Anton dann auch.o

Ich erinnere mich nicht mehr, worüber wir eigentlich gesprochen haben. Ich weiß aber noch ganz genau, wie sich die Gesichter der beiden Menschen erhellten, die zuvor verdunkelt und in Falten gelegen hatten, immer wieder, während wir miteinander sprachen. Das war schön.

Ich versuchte, durch das Was und das Wie meiner Erzählung, mehr von dieser Freude hervorzurufen. Doch immer wieder kehrten die beiden in ihre Dunkelheit zurück. Ich weiß nicht, was ihnen auf der Seele lag, aber dieser stille Gram war tief in ihre Gesichter geschrieben und manchmal, zwischendurch, warfen sie sich gegenseitig Blicke von tiefstem Verständnis, gegenseitiger Unterstützung und Teilen des Schmerzes zu. Sie schienen sich sehr vertraut.

Ich erzählte ihnen so Einiges von mir – irgendwie hatte ich sie schnell liebgewonnen – und ich erfuhr, dass sie sich Lynn und Raph nannten. Und irgendwann kamen wir dann auch auf das Thema Sex zu sprechen. Ich erzählte ihnen von meinen Sexfantasien und vor allem Raph hörte mir aufmerksam zu.

Ich sagte ihnen, dass ich Lust hätte, mal wieder so richtig Sex zu haben. Sex mit einem Mann, bei dem alle meine Sinne angesprochen werden. Meine Lust stiege langsam, und die des Mannes auch, bis wir irgendwann nicht mehr an uns halten könnten und übereinander herfallen würden. Uns gegenseitig verwöhnen, umschwirren, verschlingen, ich mit meiner Vulva seinen Penis umschließe und ihn in mir aufnehme, und ihn mit harten, rhythmischen Bewegungen meines Beckens in mir hin- und herschickte. Ein Ritt auf meinem Partner, eine Reise über den Horizont, ein Ritt durch die Galaxie. Sterne, die neben mir und um mich herum in allen Farben leuchten und explodieren; ihre Lichter verschmelzen in freudig-strahlenden, funkensprühenden Kaskaden. So herrlich, atemberaubend, gottesgleich, uns selbst in dieser Bewegung miteinander transzendierend in die Höhe hebend, so ausdauernd, bis wir irgendwann beide, zur selben Zeit, an den Gipfel der Lust gelangen und alles in uns Angestaute überschäumend aus unseren Körpern spritzt und sich, wieder im Irdischen angelangt, miteinander zu einer Einheit vermischt und auch wir beide uns für zumindest einen kurzen Augenblick auch hier, auf der Erde, gänzlich vereint fühlen.

Ich hatte Lust, mit einer Frau zu schlafen. Diese weiche Öffnung, in die ich meine Zunge stecken konnte. Der süße Saft, wenn sie langsam feucht wurde. Ich wusste, wie es sich für sie anfühlen müsste. Wusste, wie es sie erregte, wenn ich genau hier mit meinem Finger entlangfuhr. Wusste, wie geil es war, wenn ich ihren Kitzler langsam penetrierte, ganz fein und sachte und dann immer schneller. Niemand wusste so gut mit einer Frau umzugehen wie eine Frau selbst!

Vor allem aber stellte ich mir diese Erfahrung unglaublich sinnlich vor. Ausgiebiges Streicheln. Streicheln, langsam und sanft, ein vollständiges Eingehen aufeinander.

Sex war Zweisamkeit, Vertrauen, Aufeinander eingehen.

Raph unterbrach meine Gedanken. „Weißt du… Manchmal, da habe auch ich Druck. Aber hier drinnen ist das ja nicht erlaubt. Vielleicht können wir uns ja mal draußen treffen." Ich stellte mir vor, wie ich diesen Mann, der vielleicht Claras Vater war, in einer angeranzten alten Turnhalle traf und dort mit ihm schlief. Mich schauderte.

„Vielleicht ..." antwortete ich, und nutzte die nächstbeste Gelegenheit, um aufzustehen und die beiden zu verlassen.

SEXUELLES VERLANGEN begleitete mich die folgenden ersten Tage auf der Station noch länger. Ich war mir sicher, durch den häufigen, unverhüteten und damit vollkommen bescheuerten Sex mit Anton gerade in den ersten Wochen unserer Beziehung, kombiniert mit meiner genetisch veranlagten Disposition zu Hautkrebs, nun einen Tumor zu haben. Antons Familie tendierte nämlich auch zu Hautkrebs, und wenn sich zwei rezessive Gene treffen, weiß man ja dank Mendelscher Lehre und gutem Aufpassen im Biounterricht, was passiert. Ich hatte so einen Knubbel am rechten Oberschenkel und wusste nicht, was es war. Vielleicht war es eine befruchtete Eizelle. Manchmal sollten die aus den Eierstöcken abwandern; die Eileiter entlang, und sich irgendwo festsetzen. Diese Gefahr war wohl bei einer Spirale, wie ich sie jetzt seit einigen Monaten hatte, sogar erhöht. Vielleicht war diese Eizelle bis in meinen Oberschenkel gewandert. Und wucherte da jetzt. Wucherte als Krebsgeschwür.

Ich wusste es nicht, und am nächsten Morgen, bei der alltäglichen Morgenroutine, stand ich dann im Zimmer der Ärztin und sprach mit der jungen Frau Dr. Mund über meine Ängste.

„Ich habe vielleicht Krebs!" sagte ich. „Mein Freund hat eine Disposition für Hautkrebs und ich auch, und ich habe hier so einen Knubbel am Oberschenkel." Sie kniete vor mir nieder.

„Ich bin Ärztin, Frau Lichtenberg. Ich weiß, wie ein Tumor aussieht." Sie blickte mich an, mit ihrem eigentlich völlig durchschnittlichen, aber für mich in diesem Moment wunderschönen Gesicht und ihrem zurückhaltenden, liebenswürdigen Lächeln. Ihre Schneidezähne traten aus der Reihe der übrigen Zähne hervor und die Lücke zwischen diesen beiden großen, schneeweißen Zähnen war besonders groß. Als ich in ihr Gesicht schaute und sah, wie sie mich mit ihren wässrig-blauen Augen anschaute, wurde ich plötzlich ruhig. Allein konnte ich eh nichts dagegen machen.

Sie sagten mir, ich solle eine Urinprobe geben. Ich glaube im Nachhinein, das sollte irgendwo auch ein Drogentest sein. Ich musste es unter Aufsicht tun.

Man drückte mir einen Plastikbecher in die Hand und ich ging mit einer anderen Frau, einer Pflegerin, aufs Klo. Ich hatte mir in den letzten Tagen angewöhnt, statt – wie es wohl die meisten Menschen tun – einfach auf der Klobrille zu sitzen, auf dieser zu hocken; also die Füße rechts und links neben meinen Oberkörper auf die Brille zu stellen. So ging das Ganze leichter, vor allem bei großen Geschäften, und sollte wohl auch viel natürlicher sein. Also hockte ich mich auf die Klobrille und versuchte, zu pinkeln. Das war gar nicht so leicht, ohne dass ich wirklich musste, und unter dieser Beobachtung!

„Soll ich den Wasserhahn laufen lassen?" fragte die Pflegerin. „Das hilft vielleicht."

„Ja" sagte ich. Die Frau ging zum Wasserhahn, der auch etwas weiter von der Toilette entfernt war, so dass sie nicht mehr direkt in meinem Blickfeld war, und ließ ihn laufen. Sie hielt ihren – ich vermutete – Zeige- und Mittelfinger unter den Strahl, so dass es noch mehr nach Urinieren klang. Ich konnte noch immer nicht richtig pinkeln. Da kam einfach nichts.

Aber okay. Nachdenken, Rike. Die wollen irgendwie Flüssigkeit von dir haben. Ich hatte mal gehört, dass die Flüssigkeit, die frau beim sexuellen Höhepunkt aus sich herausspritzte, aus der gleichen Quelle stamme wie auch der Urin, nur irgendwie frischer war. Die wollten eine möglichst reine Probe, also war das doch ideal. Ich schloss die Augen.

Ich stellte mir vor, wie ich masturbierte. Stellte mir das Gesicht der jungen Ärztin vor, das Gesicht von Frau Mund, ihre schönen, schneeweißen Hasenzähne, ihre wässrig-blauen Augen, ihr süßes Lächeln. Und fuhr dann in kreisenden Bewegungen über den Tumor, der sich an meinem Oberschenkel gebildet hatte, oder eben um die abgewanderte Eizelle. Ich hoffte, ihn so etwas lösen zu können, und vielleicht würden diese schlechten Zellen ja dann automatisch von meinem Körper eliminiert und abgebaut werden. Abgebaut, und dann ausgeschieden. Dafür waren die Nieren ja schließlich da.

Ich rieb und rieb, und irgendwann hatte ich nicht mehr diesen Knubbel am Oberschenkel unter meinem Finger, sondern den Kitzler der jungen Ärztin, meinen eigenen Kitzler, den sie penetrierte. Sie wurde feucht, erregt, seufzte genüsslich. Auch ich war erregt. Die kreisenden Bewegungen beruhigten mich. Ich sah ihr Gesicht, ganz nah an meinem, wie sie mich mit ihren Hasenzähnen anlächelte. Ihre wunderschönen, großen, blanken Hasenzähne.

Plötzlich musste ich squirten. Etwas kam aus meinem Unterleib. Noch einmal und noch einmal und noch einmal. Schön. Der Becher war voll.

ICH LAG AUF DEM BODEN. MEIN HERZ KRAMPFTE. Ich wusste, ich würde sterben. In ein paar Minuten war es so weit. Ich zuckte und wand mich, wie es wohl Menschen in solch einer Situation tun. „Zahnbürste!" schrie ich, und machte eine Brücke. „Zahnbürste!" Die Pflegekräfte ignorierten mich. Langsam scharten sich immer mehr Mitpatient*innen um mich.

„Warum tut denn keiner was?"

„So helft ihr doch." – „Sie stirbt!"

Ich schrie und wandte mich und kroch, immer noch auf dem Rücken liegend, den Flur entlang. Die Beine hatte ich dabei angewinkelt und schob mich über den Boden, wischte kollateral mit meinem Oberteil den gesamten Fußboden ab. „Zahnbürste!" krächzte ich, jetzt schon erstickter. Langsam musste ich mich beruhigen. Ich musste die Situation selbst in die Hand nehmen. Ich wusste, was zu tun war, wenn solch ein Herzkrampf einsetzte. Ich schlug mir auf die Brust, massierte mein Herz, und trommelte in regelmäßigen Abständen auf den Ort, wo ich den krampfenden Muskel vermutete. Machte mir selbst eine Herz-Rhythmus-Massage. Das half. Das hatte mich jetzt schon drei Mal vor dem Tode gerettet.

Ich überlebte. Wieder einmal hatte ich einen Herzkrampf überlebt. Erneut hatte ich mich selbst vor dem Tode gerettet. Mein Herz schlug wieder normal.

Ich verstummte. Erschöpft lag ich auf dem Boden. Ich bemerkte erst jetzt, dass die gesamte Station um mich herum versammelt war. Ich setzte mich auf. Dann richtete ich mich langsam in die Höhe.

„Alles gut bei Ihnen, Frau Lichtenberg?", fragte ein Pfleger mich.

„Ja" antwortete ich. „Ich hätte nur gerne eine Zahnbürste."

„Die können Sie haben", sagte er und verschwand. Nach und nach zerstreuten sich auch die anderen Patient*innen.

„Hier ist Ihre Zahnbürste, Frau Lichtenberg. Brauchen Sie auch Zahncreme dazu?" fragte mich der nette junge Herr.

„Ja" antwortete ich erneut, und er zog eine große Tube Zahnpasta aus der Tasche seines Krankenpflegerkittels. *Vernichtet 99,9% aller Bakterien*,* stand in roten Lettern darauf. Das Sternchen wurde nicht aufgelöst. Genau das, was ich brauchte.

Ich lief ins Bad. Befreite die neue Zahnbürste von ihrer Plastikverpackung. Mittlerweile die dritte, die mir die Pflegekräfte gegeben hatten. Diese war deutlich schöner als die beiden zuvor; der Griff war breiter und weicher und lag damit deutlich besser in der Hand als die Zahnbürsten mit dem billigen, blau-gesprenkelten Plastikgriff.

Ich packte also die Zahnbürste aus. Schmiss die Plastikverpackung weg. Schraubte die Kappe ab. Entfernte die obligatorische Silberfolie, die anscheinend auf der Öffnung all solcher Tuben drauf sein muss. Drückte mir Zahncreme auf die Borsten. Ordentlich viel. Dann noch mehr. Und noch mehr. Schrubbte mir die Zähne. Schrubbte und schrubbte, wie ich mein Lebtag noch nie geschrubbt hatte.

Die Bürste nahm mir zu wenig Zahncreme auf. Ich brauchte mehr. Viel mehr. Also nahm ich meinen rechten Zeigefinger. Beschmierte ihn mit Zahnpasta. Rieb mir damit über die Zähne. Dann war auch das zu wenig. Ich drückte mir den kompletten restlichen Inhalt der Zahnpastatube in den Mund und begann, mit allen acht Fingern (die Daumen mussten draußen bleiben) in meinem Mund herumzuwühlen. Alles einzuschäumen, einzucremen; die Zähne ganz und gar unter einer zentimeterdicken Schicht Zahnpasta zu verdecken. Hier, da, dort, überall – wie flink und geschickt Finger doch sein konnten!

Erst, als sich die gesamte Zahncreme mit meinem Speichel vermischt hatte und mir dieses Gemisch nun in widerwärtigen, langen Fäden halbgetrockneter Zahnpastaspucke das Kinn hinunter rann, hörte ich auf. Zufrieden spuckte ich aus.

Ich spülte mir den Mund aus. Einen Großteil der Zahnpasta hatte ich sicherlich verschluckt. Aber das war nicht so schlimm. Eine innere Reinigung konnte nicht schaden. Ich spülte die Zahnbürste ab. Wusch die Borsten. Reinigte meine Zahnzwischenräume mit Zahnseide. Reinigte auch das Waschbecken. Den Wasserhahn. Den Spiegel. Die Bodenfliesen, den Seifenspender, mein Kinn und den Rest meines Körpers. Zog mich komplett aus. Stellte mich unter die heiße Dusche. Und ließ das Wasser in brausenden Strömen über mich fließen. Wie herrlich!

♫ Kaltes klares Wasser – Malaria

https://www.youtube.com/watch?v=RAg4VmBY7so

Als ich die Dusche beendet hatte, trocknete ich mich sorgfältig ab. Arme, Beine, Finger. Achselhöhlen, Poritze, die Zwischenräume zwischen den einzelnen Zehen – nichts ließ ich aus. Ich mochte es, den eigenen Körper zu spüren. Und es war wichtig, sich richtig abzutrocknen, wie ich als Kind von meinen Eltern gelernt hatte. Warum hatte ich mich eigentlich nie wirklich selbst befriedigt? Weil immer Anton das getan hatte? Oder, weil ich es „eklig" und „unschicklich" fand? Ich wusste es nicht. Aber ich beschloss, bald damit anzufangen.

„[S]exuelle Phantasien [sind] elektrische Impulse im Gehirn, die, wenn sie nicht umgesetzt w[e]rden, ihre Energie in andere Bereiche entl[a]den." sagt Dr. Igor aus *Veronika beschließt zu sterben.*

„ICH HASSE DIESE EINSCHRÄNKUNGEN! Ich will so nicht leben!" rief ich dem Pfleger ins Gesicht.

„Ich … Ich auch nicht, Frau Lichtenberg." murmelte er, den Blick gesenkt.

„Aber, wieso tun sie dann nichts dagegen? Wieso tun sie nichts??!"

„Das … das ist nicht so einfach, wissen Sie, Frau Lichtenberg. Gerade hier. Hier, in diesen Strukturen, in denen ich arbeite. Da kann ich nicht einfach … Da kann ich nicht einfach machen, was ich will. Da muss ich mich an die Vorschriften halten, wissen Sie. Diese Vorgaben, die Vorschriften, Regularien und so. Wissen Sie. Sonst bin ich meinen Job los."

„Ja, aber … – Aber kann das denn Leben sein?! Sich ducken, und das tun, was von einem gefordert wird, nur aus Angst davor, seine vermeintlich ach so wertvolle Sicherheit zu verlieren? Seine beschissenen Privilegien zu verlieren? Ich meine, wer sind wir denn, wenn wir nur das machen, was von uns gefordert wird? Wer werden wir denn dann?!"rief ich, aufgebracht.

„Ich weiß auch nicht, Frau Lichtenberg. Ich weiß es auch nicht... Vielleicht... – Vielleicht ist das ja das Leben."

„Das Leben?!"

„Ja... Irgendwann, irgendwann, dann ist das so. Spätestens dann, wenn man erwachsen wird. Also so *richtig* erwachsen; nicht dann, wenn man das Alter von 17 Jahren überschreitet (also 18 wird). Wissen Sie, Frau Lichtenberg... – Wie alt sind Sie jetzt?"

„Einundzwanzig", sagte ich. „Was tut das zur Sache?"

„Ja. Genau. Einundzwanzig. Da ist das alles noch ein bisschen anders als bei mir jetzt. Sie sind jung, frei, fröhlich, gesund."

„Naja, gesund bin ich ja gerade wohl nicht."

„Ja... Aber Sie wissen, was ich meine... Theoretisch, nach der Krankheitsphase jetzt - denn wenn Sie aufpassen, bleibt es bei nur einem Ausbruch. Dann stehen ihnen noch alle Türen offen, alle Tore sind sperrangelweit geöffnet für Sie, Sie müssen nur hindurch laufen. Aber, irgendwann, da hat man dann schon so einige Tore passiert. So einige Türen haben sich dann bereits hinter einem wieder geschlossen."

„Aber nicht verschlossen", warf ich ein.

„Ja, dann kann man nicht mehr zurück. Zurück auf diesen Vorplatz, von dem alle Wege abgehen, und man frei wählen kann, wo man hinwill. Dann ist man schon Schritte gegangen, Frau Lichtenberg, viele Schritte, kilometerweit. Ja, und wir sind ja nicht unsterblich."

„Zum Glück nicht." Ich hatte nicht erwartet, dass er in solch einen Redefluss gerät; da hatte ich ihn wohl unterschätzt.

„Wir sind nicht unsterblich.", fuhr er unbeirrt fort. „Irgendwann, dann ist es einfach zu spät, um umzukehren.

Die Tore hinter einem sind geschlossen. Oder es bleibt einfach keine Zeit mehr, sie wieder zu öffnen, vielleicht trifft es das eher. Keine Zeit mehr, oder man hat den richtigen Schlüssel nicht. Weil man schon so weit gegangen ist; so viele Entscheidungen getroffen; so viele Optionen sich schon verbaut hat. Weil man jetzt Mann, Frau, Kind, Haus, Heim, Hund – und, wenn man Glück hat, vielleicht auch 'ne Katze – hat. Weil man einen Job, einen Beruf und, im besten Falle, auch eine Berufung hat, der man folgt. Und, der man gerne nachgeht. Eigentlich, zumindest. Klar, da sind Vorgaben; Vorgaben und Strukturen, an die man sich irgendwie halten muss. Anders wäre ein Zusammenleben in der Gesellschaft ja auch gar nicht möglich. Aber, wissen Sie, Frau Lichtenberg: Das ist gar nicht so schlecht. Ich mache gerne das, was ich mache. Sicherlich, ich kann nicht hundertprozentig selbstbestimmt – und, wie Sie es nennen: frei – leben. Aber diese glänzende Freiheit, Frau Lichtenberg, die Sie so beschwören, die gibt es in Wirklichkeit so auch gar nicht. Wir können nie, niemals in unserem gesamten Leben als Menschen, absolut frei sein. Freiheit ... – Was ist das schon? Ich meine, haben wir überhaupt einen freien Willen, der es uns ermöglicht, frei zu sein? Und, was bedeutet Freiheit eigentlich? Meinen Sie die Freiheit, tun und lassen zu können, was Sie wollen? Meinen Sie die Willkürfreiheit zur Willkür? Oder diejenige, frei zu sein von Unterdrückung, Repressionen, Einschränkung? Welche Freiheit meinen Sie, Frau Lichtenberg?"

„Ääh ..." Ich kam nun wirklich ins Nachdenken. „Ich meine die Freiheit, selbstbestimmt zu leben. Zu leben, wie ich möchte; so, wie ich es für richtig halte und wie es mir Freude bereitet; so zu leben, dass ich Gutes tue für mich und für andere auf diesem Planeten, möglichst viel Gutes, und, äh, frei bin. Frei von Ängsten, aber auch frei zu den Dingen, die ich machen möchte. Möglichst umfassend frei; so frei, wie es maximal möglich ist, ohne die Freiheiten meiner Mitmenschen zu verletzten. Was wir brauchen, ist ein Leben ohne Zwänge. Ohne Regularien. Ohne Gesetze, ohne Recht und Strafe."

Der Pfleger stutzte. „Sie meinen die Anarchie ...!"

„Ja, genau die meine ich. Wir brauchen ein anarchistisches System. Keine Willkür, nein. Ein Leben in Anarchie, in Freiheit. Ein Leben in einer Welt, in der die Freiheit des Einzelnen die Voraussetzung für die Freiheit aller ist. Das will ich. Und das, das meine ich mit Freiheit. Das, wenn sie so wollen, meine ich mit Anarchie."

Der Pfleger überlegte einen Moment.

„Okay, Frau Lichtenberg. Das will ich auch. Langfristig zumindest. Kurzfristig bin ich erst mal mit dem zufrieden, was ich habe, und mit dem, was mir hier, aktuell, möglich ist. Ich nehme mir so viele Freiheiten, wie ich es kann, ohne Grenzen zu übertreten und ohne andere Menschen zu schädigen. Ich helfe Leuten dabei, frei zu sein – das ist auch ein Grund, warum ich hier arbeite. Ich möchte Ihnen, Ihnen ganz persönlich, Frau Lichtenberg, und all den anderen bemitleidenswerten Kreaturen, die hier in der Klinik sind, dabei helfen, wieder, na, wie man so schön sagt, auf die Beine zu kommen. Dabei helfen, nicht mehr abhängig zu sein von Tabletten, Drogen oder Alkohol. Abhängig von irren Gedanken, von falschen Vorstellungen. Von Ausflüchten, die sie in ihrem Geiste geschaffen haben, um der manchmal doch allzu grausamen Realität zu entfliehen. Abhängig vom Wahn. Das ist keine Kritik an Ihnen persönlich, Frau Lichtenberg – ich kann verstehen, dass es Situationen gibt, die ein Mensch nicht aushalten kann und die er sich, um nicht kaputtzugehen – sei es körperlich oder psychisch –, anders ausmalt oder uminterpretiert. Das ist nicht verwerflich. Aber es ist eine

Abhängigkeit. Das, Frau Lichtenberg, kann keine Lösung sein. Wir müssen mit den Dingen, wie sie gerade nun mal sind – oder, vielmehr, wie sie sich uns darstellen – irgendwie zurechtkommen und lernen umzugehen. Ich kann die mich umgebenden Zustände nicht von jetzt auf gleich ändern. Ich kann sowieso nicht alles ändern, was mir nicht gefällt. Nicht sofort und auch in sämtlichen Lebenszeitaltern nicht. Dafür gibt es zu viele konkurrierende Bedürfnisse; zu viele Menschen und Tiere; zu viele Strukturen, die einfach feststehen – und sei es auch nur das Naturgesetz, das uns an Dingen hindert! – Wissen Sie, Frau Lichtenberg ... Ihr Traum von absoluter Freiheit ist an sich ja schön und durchaus verlockend. Ganz hell und strahlend klar steht er am Himmel, am Horizont in der Ferne. Aber, er wird eben auch immer an diesem Horizont bleiben. Egal, wie sehr Sie sich auf ihn zu bewegen, die absolute Freiheit werden Sie nicht erreichen ...!"

„Ja", sagte ich. „Möglicherweise ist es eine Utopie."

„Aber, wenn Sie das doch wissen, Frau Lichtenberg – wenn Sie wissen, dass das gar nicht möglich ist, was sie sich so unbedingt und absolut wünschen – warum tun Sie es dann?"

„Ich kann nicht anders. Ich will und muss ein Ziel haben; eine Richtung, in die ich mich zu bewegen weiß. Genau, wie ich an das Gute im Menschen glauben muss, um nicht zu verzweifeln und, in völliger Resignation, *nicht* zu handeln (selbst wenn Nicht-Handeln auch eine Handlung ist), muss ich wissen, wohin ich will. Und: Ich mag dieses Ziel zwar nie erreichen – Aber entscheidend, ist es doch, dass wir diesem Ziel möglichst nahekommen; entscheidend ist, *dass* wir den Weg gehen, und nicht stehenbleiben, nicht uns irgendwo am Wegesrand hinlegen und einfach liegenbleiben. Ausruhen ist möglich und wahrscheinlich auch notwendig – sonst kommt man eines Tages in die Klappse, weil man innerlich ausgebrannt oder implodiert ist –; Sitzen auf einer Parkbank, Lesen eines Buches, um es mal bildlich zu machen. Ja, aber – liegen bleiben, das dürfen wir nicht. Der Sinn des Folgens solch einer – wie Sie es nennen – Utopie, dieser Sinn ist es ja gerade, dass wir vorwärts gehen!"

Ich hielt inne, und war beeindruckt von meinen eigenen Worten.

„Jaja. Die Hoffnung stirbt zuletzt", sagte er.

„Aber sie stirbt", sagte ich, Nico Semsrott zitierend.

Wir gingen auseinander, beide heftig schmunzelnd, aber auch innerlich stark bewegt.

NEBEN DER TÜR ZU DEM ZIMMER, in dem die Pflegekräfte zu sitzen hatten – genauer: auf der rechten Seite – hing ein großer, blauer Bilderrahmen. In diesem Bilderrahmen waren die Porträtfotos sämtlicher Menschen, die diese Station in irgendeiner Weise betreuten, in Reihen und Spalten neben- und untereinander aufgehängt. Unter den Fotos standen der jeweilige Name und die Funktion der Person. *Sarah Mund, Stationsärztin*, stand da beispielsweise. Oder *Oskar Fischer, Oberarzt. Patrick Friemann, Pfleger.* Und *Hannes Spahn, Auszubildender* war auch dabei. Ein Foto war verrutscht, und der Name nur noch halb zu lesen: *Brigitte Li...* Witzig, die Frau hieß wie meine Mutter, zumindest nach dem, was ich lesen konnte. Ich schaute noch ein wenig länger auf die Fotos, die Namen, die Gesichter.

Mit der Zeit dämmerte mir, warum mir das alles so bekannt vorkam. Es handelte sich hierbei um die Crew meines Vaters! Mein Vater ist nämlich Abteilungsleiter eines großen Unternehmens. Das Unternehmen stellt Papier in sämtlichen Mustern und Farben her und vertreibt dieses dann in ganz Deutschland; aber das nur am Rande. Ich kannte einige seiner Mitarbeitenden, weil ich ein paar Mal, wenn die Nachfrage besonders groß war, in der Abteilung ausgeholfen hatte. Genau diese Personen erkannte ich jetzt unter den dort Abgelichteten wieder. Es handelte sich bei dieser Station hier also auch um eines der Projekte meines Vaters! Ich wusste ja, dass er – neben seinem eigentlichen Job – noch viele weitere, kleinere und größere und auch mehr oder weniger dubiose Projekte (zum Beispiel ein Verein mit dem Zweck des An- und Verkaufs von Goldzähnen in China) hatte, aber dass er auch ein Genforschungslabor betrieb, das hatte ich nicht geahnt...!

Dennoch: Mit dieser Erkenntnis, und vor allem mit dem Wissen, dass mein Papa also wusste, was hier abging und ich seiner Kompetenz schon immer sehr vertraut habe, fühlte ich mich gleich sicherer auf dieser Station und gelangte immer mehr zu der Überzeugung, dass das Ganze hier schon seine Richtigkeit und, vielmehr noch, wohl auch einen guten Zweck hatte. Klar: Bei dem verrutschten Bild handelte es sich also tatsächlich um meine Mutter, und die Stelle, die noch frei war, war dann wohl meinem Vater zugedacht. Vielleicht hatte er noch keine Zeit und Lust gehabt, ein entsprechendes Bild schießen und hier aufhängen zu lassen oder fand es taktisch klüger, sich hier nicht sofort zu erkennen zu geben (vielleicht auch gerade, weil ich jetzt hier war).

Ich war also – wenn auch nicht direkt, so zumindest mittelbar – in den Händen meines Vaters. Das beruhigte mich, und ich ließ fortan die Dinge, die man hier mit mir anstellen wollte, viel lieber über mich ergehen. Auch begegnete ich nun den einzelnen Mitarbeitenden, die ich jetzt teilweise auch von früher wiedererkannte, viel freundlicher. Ob sie mich auch erkannten und wussten, dass ich die Tochter ihres Chefs war, wusste ich nicht, aber ich hatte das Gefühl, dass auch sie jetzt noch lieber zu mir waren. Vielleicht war das aber auch nur die Reaktion auf meine eigene Freundlichkeit.

Eines Morgens dann, bei dem täglichen InDieAugen-SchauPulsBlutdruckMess-Prozedere, führte eine junge Medizinstudentin, wie einige wohl zu Lernzwecken immer da waren, dies alles mit mir durch. Bei dieser Person handelte es sich doch um niemand anderen als meine Kindergartenfreundin Anna! Anna studierte mittlerweile Medizin in einer anderen Stadt, das wusste ich, aber ich wusste nicht, dass es genau hier war! Doch mit ihren dunklen, nahezu schwarzen Augen und ihrem südländischen Teint war sie unverkennbar. Ich erkannte sie zumindest sofort.

Zwei Tage später, als ich sie dann auf der Station wiedersah, hatte sie sich einige Tattoos stechen lassen. Es handelte sich hierbei um eine Spinne, die sich zwischen Brust und Hals befand und ihre Fäden dementsprechend nahezu über den ganzen Oberkörper gesponnen haben musste sowie um einen zartflügeligen Schmetterling, der auf ihrem linken Handgelenk saß. Beide Motive fand ich überaus ästhetisch. Ich freute mich für Anna, der ich früher aufgrund ihrer Schüchternheit so etwas nicht zugetraut hätte, auch wenn es nicht gerade die freudestrahlendsten Motive waren. Aber mit der Zeit, den Dingen und den Umständen ändern wir uns wohl alle.

ZULA HABE ICH DAS ERSTE MAL IM GARTEN GETROFFEN. Ich verliebte mich sofort in ihn. „Und hierhin kann man sich verziehen, wenn man mal nicht so direkt gesehen werden möchte", sagte Zula mir und zeigte auf die Hütte. „Guck mal, hier." Er wies auf die rechte Seite seines Halses, auf die ein einfaches, komplett schwarzes Herz tätowiert war. „Das habe ich mir für jemanden wie dich tätowieren lassen. Für den Moment, in dem ich wieder geliebt werde", sagte er.

Ich schluckte. *Wieder geliebt...* Ich verspürte das Verlangen, Zula genau auf diese Stelle zu küssen, tat es aber nicht. Zula sprach weiter. Der Moment war vergangen.

„Ich bin hier quasi der Hausmeister", sagte er. „Ich bin dafür zuständig, den Müll wegzuräumen hier im Garten. Die Kippenstummel, Plastikfetzen, Obstreste und was sonst noch so anfällt. Achja, Teebeutel liegen hier auch viele. Weißt du, ist ja nicht viel Arbeit, das zu tun. Wir wohnen ja schließlich alle hier. Und ich finde, da gehört es dazu, auch ein paar Aufgaben zu übernehmen. Das habe ich zu Hause schließlich auch immer so gemacht."

„Hm", sagte ich. „Wo hast du denn gewohnt?"

„Oh", sagte er. „Lange bei meinen Eltern. Und, dann, mit 15, bin ich irgendwann abgehauen. Hatte keinen Bock mehr auf diese Enge, diese Zwänge und Bürgerlichkeit. Wollte raus, raus in die große weite Welt. Es hat mich dann hierhergetrieben. Drogen, abends was los auf der Straße, all das. Ja, und dann Heroin, ne. Immer mehr und mehr. Erst nur eine kleine Dosis, eine Spritze pro Tag; maximal zwei. Aber dann, dann wurde es immer immer mehr. Ich konnte einfach nicht mehr aufhören, das Zeug war zu geil, und ich glaube, ich würde es heute genauso tun. Heroin bedeutet Befreiung. Ein neues Lebensgefühl! Naja, aber irgendwann rutschst du dann halt ab. Dein Körper macht einfach nicht mehr mit. Es geht dir immer schlechter und schlechter, und irgendwann konnte ich nicht mehr richtig sehen und so. Naja, auf der Straße lebte ich zu dem Zeitpunkt eh schon. Also, viel schlimmer werden konnte es nicht. Doch diese Droge machte mich auch schlapp und träge. Früher, da habe ich viel unternommen. Bin täglich rausgegangen, habe mich mit

Freunden getroffen, Sport gemacht und all so was. Wusste, was ich vom Leben wollte. Wusste, was es zu leben bedeutete. Zu dem Zeitpunkt wusste ich das nicht mehr. Hing nur noch rum. Hing rum. Hing rum. Hing rum…"

Er machte eine kurze Pause und verstummte.

„Ich rede schon wieder zu viel", stellte er dann fest. „Ich soll nicht so viel reden, hat mein Pfleger gesagt. Zula, immer redest du so viel. Das ist gar nicht gut. Ich rede zu viel, hat Basti gesagt." Zula schlug die Augen nieder und verstummte.

„Zula …", sagte ich. Ich wusste nicht, was ich sagen sollte. Was ich sagen konnte. Welche Worte angebracht waren, um diesen Schmerz, der aus den Augen des Jungen sprach, aufzufangen. Um ihn zu mildern, vielleicht auch ein wenig zu lindern. Ich wusste es nicht.

„Und … die Aschenbecher?" fragte ich hilflos. „Wer leert die?"

„Das mache auch ich!" sagte Zula. Ein Hauch von Stolz kehrte in seine Stimme zurück, und war scheinbar erleichtert, endlich wieder in Gefilde zu kommen, in denen er sich sicher fühlte. Er betrat bekanntes Terrain. „Weißt du, ich rauch' ja auch selber mit am meisten. Wenn Basti mir nicht irgendwann vorgeschlagen hätte, auf Selbstgedrehte umzusteigen und mir auch immer mal wieder Tabak spendieren würde, wäre ich sicherlich längst pleite! Geld ist schon wichtig, Rike. Und, ich meine, hier verdient man ja gar nichts. Klar, man hat eigentlich auch keine Ausgaben. Essen, Schlafplatz, Dusche, Heizung, Dach überm Kopf – das alles wird dir gestellt, auf Kosten der Versicherung. Und dennoch, Rike, dennoch will man sich auch ab und zu mal was gönnen. Kein Alkohol oder Drogen, wie es früher Gönnung war, natürlich, aber einen guten Energy-Drink zum Beispiel. Oder eine Stange Kaugummis. Ich kauf immer *RedBand*, die schmecken so schön nach Orange. Die sind echt geil. Und, das ist auch viel besser als Drogen, sagen Basti und ich immer. Wenn du willst, kannst du auch mal probieren!"

Er holte eine Packung *RedBand* – rot-schwarzes Logo – aus der Tasche und gab mir eines. Tatsächlich, Orange. Unheimlich künstlich und süß zwar – würde ich mir niemals kaufen – aber für den Anlass okay. Und, auf alle Fälle sicherlich besser als Heroin, wie Zula richtig festgestellt hatte.

„Wenn du willst, kann ich dir auch mal welche mitbringen. Ich darf hier ja zwei Stunden pro Tag raus, weil ich schon so lange hier bin, weißt du. Ich geh dann immer zu Penny, da oben am Corner, und kaufe Energy-Drinks und Kaugummis. Oder auch mal andere Sachen, die die Leute hier mir auftragen. Du musst mir einfach ein bisschen Kleingeld geben, dann läuft das."

Ich überlegte. Wollte ich Zula wirklich als Boten nutzen? Brauchte ich überhaupt etwas? Eigentlich nicht, stellte ich fest. Eigentlich hatte ich alles hier, was ich brauchte. Beziehungsweise das, was ich wirklich brauchte, konnte man nicht mit Geld kaufen. Liebe, Leben, Freiheit und so. Ich überlegte. „Ich weiß nicht, Zula." sagte ich, und er blickte mich überrascht an, weil er wohl scheinbar gar nicht mehr mit einer Antwort gerechnet hatte. „Ich glaube, ich brauche erst mal nichts."

„Okay", sagte er.

„Aber, Zula, sag mal – kann ich vielleicht auch irgendeine Aufgabe hier im Garten übernehmen? Vielleicht die Tische abwischen oder so?"

„Bestimmt, natürlich." Und den Rest des Tages verbrachte ich dann damit, sämtliche Tische (es waren nur drei), die Tischtennisplatte, die Strandkörbe, Mülleimer und Aschenbecher aus- und abzuwischen. Es war schön, endlich mal wieder etwas Sinnvolles zu tun zu haben. All die Tage hatte ich einfach nur hier rumgesessen, geschlafen und gegessen; maximal gelesen oder etwas gezeichnet oder so. Doch jetzt konnte ich endlich mal wieder mit meinen eigenen Händen arbeiten. Etwas schaffen. Erfolge sehen. Es machte Spaß, die Tische zu schrubben. Jedes kleine Dreckszipfelchen und jede Scharte putzte ich. Jedes Staubkorn, Fleckchen, Käferchen, das sich verfangen hatte, jedes noch so kleine Rispenblatt – was auch immer das sein soll. Die Sachen waren am Ende so sauber wie noch nie zuvor. Tische, Bänke und Stühle waren geschrubbt wie noch nie.

„Da hast du aber vollen Einsatz gezeigt, Rike", sagte Dr. Schwarz, der Stationsarzt, anerkennend. „Das wäre eigentlich wirklich nicht nötig gewesen!"

Das war mir egal. Ich hatte es ja hauptsächlich für mich gemacht. Und ein wenig erschöpft, aber auch zufrieden, ging ich dann zu Bett. Ging zu Bett, und träumte von Kaugummi mit Orangengeschmack.

ICH HATTE DEN WUNSCH, ETWAS AN MIR ZU VERÄNDERN. Eine neue Haarfarbe, ein Piercing, eine neue Frisur. Das machte man doch so, wenn man verliebt war, oder? Wenn man einen neuen Lebensabschnitt beginnen wollte. Oder einen alten hinter sich lassen. Weil man eine Liebe von sich gestoßen oder sich von einer kranken Liebe befreit hatte.

Ich stand im Badezimmer und blickte in den Spiegel. Erst hatte ich nach einer Nagelschere gefragt – mein ultimatives Werkzeug für alles im Hygiene-Bereich –, doch so etwas gab es hier nicht. Suizidgefahr und so. Stattdessen hatte man mir einen Nagelknipser gegeben, doch eigentlich war das nicht das, was ich brauchte.

„Mhh ... – Ich wollte mir damit aber eigentlich die Achselhaare trimmen." sagte ich und es entsprach der Wahrheit.

„Ich kann ihnen einen Rasierer geben, Frau Lichtenberg."

„Okay ... Dann tun sie das." Und so stand ich jetzt also vor dem Spiegel, im Badezimmer, in meiner Hand einen Plastik-Einwegrasierer, dessen Klinge so konzipiert war, dass man sich damit auf gar keinen Fall verletzen konnte. Hatte also einen Plastik-Einwegrasierer. So ein Ding hatte ich noch nie in der Hand gehabt. Wie unnötig das doch auch war! Klingen konnte man super austauschen, wenn man es überhaupt als nötig betrachtete, sich zu rasieren. Und dann hatte man auch nicht diesen ganzen Plastikmüll.

Überhaupt, was für Berge an Müll es hier gab. Alles war einzeln verpackt. Bei den Mahlzeiten gab es einzeln zu je 15 oder 20 Gramm verpackte Aufstriche, Frischkäse, Pastete, Leberwurst, Quark und so (ja, und sogar auch zwei Sorten vegetarischen Aufstrich, nicht zu vergessen, den gab es natürlich auch). Und alles, wirklich jede einzelnen fünfzehn Gramm, waren in Plastik verpackt. Das war bei Butter, Margarine, Honig und Nuss-Nugat-Creme (ich glaube, es war *nusspli*; teures *Nutella* war es sicherlich nicht!) nicht anders. Plastik, wohin das Auge reichte. Plastik. Plastik. Plastik.

„Ich sammle das und gebe es dann zurück. Guck mal, ich hab schon eine ganze Tasse voll!", hatte Knut, einer meiner ältesten Mitpatienten, erst heute Morgen stolz gesagt und auf seine beschissene kleine *IPZ. Wir helfen. –* Tasse gezeigt, die es zu jeder Mahlzeit quasi gratis dazugab.

„Nur von dieser einen Mahlzeit, stell dir das mal vor! Wir können das ja alle sammeln und dann zurückgeben. Die können das sicherlich noch gebrauchen!"

Ich hatte ihm zugestimmt. Auch wenn ich nicht glaubte, dass das Ganze irgendwie sinnvoll wiederzuverwerten sei, war es doch vielleicht immerhin mal etwas, wenn die Oberen zu Gesicht bekamen, wie viel Plastikmüll hier eigentlich so anfiel. Eine Tasse voll, pro Person, bei einer einzelnen Mahlzeit! Und dann diese ganzen Verpackungen der Spritzen, die ja immer nur ein einziges Mal und für eine Person verwendet werden durften. Die Plastikbecher für die Medikamente, die als Tropfen verabreicht wurden. Die täglichen Plastikpillenpackungen (morgens, mittags, abends, nachts – ihr kennt diese Vierteilung bestimmt?), die, alltäglich neu befüllt, von uns Patient*innen aufgefressen, weggeschmissen und dann wieder – natürlich eine neue Packung – von den Pflegekräften neu befüllt werden mussten. Ganz schöner Aufwand, so was.

Nun ja. Jetzt stand ich also hier im Bad. Wusste nicht wirklich etwas mit dem Einwegrasierer anzufangen. Aber, wenn ich ihn schon mal hatte, dann wollte ich ihn auch nutzen. Nicht ihn auch noch ungenutzt wegschmeißen (wie an anderer Stelle so manch einer sein Leben, haha...?). Hmm ... – Ich könnte mir die Augenbrauen abrasieren. Das wollte ich immer schon mal machen. Oder, vielleicht nur eine halbe. Das hat Clara auch gemacht, als sie das erste Mal in die Klappse gekommen ist. Clara hat das auch gemacht. *Kein feiner Blumenduft, überall nur Rauch / Wo bleibt die frische Luft / Die ich zum Atmen brauch?* klang es in meinem Kopf.

Also nahm ich den Rasierer fest in die Hand. Setze ihn in der Mitte meiner rechten Augenbraue an und rasierte sie, nach außen hin, weg. Das Ergebnis fand ich ganz passabel. Dann wollte ich noch mehr mit dem Rasierer machen. Die Klinge war noch immer scharf, und das musste man ausnutzen. Ich machte mich also daran, mir die Schamhaare abzurasieren. Das hatte ich schon seit Ewigkeiten nicht mehr getan, und Anton hatte sich immer beschwert, die kratzten an seinem Penis, wenn ich meine Vulva an ihm rieb. Gut, dann kam das Gekrause jetzt also ab. Hmm...

Das Ganze war gar nicht so einfach, ohne Schere, weil meine Schamhaare schon so lang waren, dass der Rasierer sie kaum packen konnte. Es ziepte. 'Gegen den Strich rasieren' hatte ich mal vor Jahren in einer Mädchenzeitschrift (ich glaube, es war tatsächlich die BRAVOgirl) gelesen. Also das Ganze andersrum. Das ging schon besser, aber wirklich zufriedenstellend war es auch nicht. Naja, irgendwann hatte ich dann wirklich ein paar Haare abgezuppelt. Ich fühlte mich schlagartig mehr sexy und dachte an Reinhold zurück und meinen Wunsch, mit ihm zu schlafen. Beziehungsweise meinen Nicht-Wunsch. Und was daraus geworden ist. Sein Bein zwischen meinen Knien! (Äh, andersrum. Aber so stimmt das ja irgendwie auch.)

„ER HAT MICH VERGEWALTIGT!", klagte ich Reinhold an, während ich die Treppe in den Garten hinunterlief. „Er da!", und ich zeigte mit dem Finger auf Reinhold, der ganz unbehelligt und scheinbar auch unbeteiligt am Treppenabsatz stand.

„Hey!" sagte er. „Das stimmt doch gar nicht. Du bist freiwillig in mein Zimmer gekommen."

Das stimmte. Ich habe mit ihm auf seinem Bett gesessen. Eigentlich hätte ich das sicher gar nicht gedurft. In meinem Bericht steht: „Pat. sucht immer wieder sexuellen Kontakt zu Männern, der von unserer Seite aus unterbunden werden musste." Dauergeil war ich also.

Irgendwann schob er mir dann das Knie zwischen die Beine und begann, es hin und her zu reiben. An sich war das schon ein geiles Gefühl, in dem Moment zumindest und so lange, wie ich nicht darüber nachdachte wer und was genau dieser wer da tat. Jetzt aber, im Nachhinein, und gerade nachdem mir Zara erzählt hatte, dass sie auf ihrer Station vergewaltigt worden sei, sah auch ich das Ganze vielmehr als sexuellen Übergriff. Ich schätzte den Mann – Reinhold – als auch für meinen Geschmack deutlich zu alt und nicht sonderlich attraktiv. Bis auf diese Sequenz auf seinem Bett hatte ich eigentlich die ganze Zeit nichts mit ihm zu tun.

„Möchten Sie tatsächlich eine Vergewaltigung anzeigen, Frau Lichtenberg?", wurde ich gefragt. Ich überlegte.

Der Junge, der mir als Erster von allen am Ohrläppchen geknabbert hatte, hatte gesagt, dass es scheiße war, eines Sexualdelikts angeklagt zu werden, das man nicht begangen hatte. Das war offensichtlich. „Es wird immer der Frau geglaubt", sagte er, und neben den rechtlichen Sanktionen gab es vor allem gesellschaftliche.

Reinhold hatte mich ja eigentlich gar nicht wirklich belästigt; irgendwie war das doch auch im Einvernehmen geschehen, und ich hatte es ja eigentlich auch genossen; auch, wenn es sich jetzt, bei genauer Betrachtung (vor allem des Mannes) im Nachhinein, als ein bisschen eklig herausstellte.

„Nein. Nein, doch nicht", sagte ich dann, und die Sache war erledigt, ohne dass der Pfleger weiter nachfragte.

„Jetzt bist du eingeknickt", sagte Zara. „Das interessiert hier niemanden, ob du vergewaltigt wirst. Denen ist egal, was mit dir passiert."

Das verunsicherte mich. Zara war zwar sowieso eine scheue Person, die aus irgendeinem Grund Angst vor Männern hatte. Aber dazu später. Zara war sich also sicher, dass sie vergewaltigt worden war; ich war mir bei diesem ganzen Sex-Zeug gar nicht mehr sicher. War ich nicht eh in letzter Zeit hier einfach die Devote, die Untertanin gewesen?

Beim Sex mit Anton hatte ich in den letzten Wochen versucht, ihn zu befriedigen, aber selbst keine Freude mehr daran. Ich hatte dementsprechend selbst nie die Initiative ergriffen, und das warf er mir vor, oder zumindest belastete ihn das. Das führte dazu, dass er regelmäßig (nahezu täglich, wenn er es nicht absichtlich vermied) mich zu erregen versuchte, übergriffig wurde irgendwie. Ich ließ es geschehen. Sagte nichts dazu, weil ich mich irgendwo auch schuldig fühlte. Und, meistens, da stöhnte ich auch und tat so, als sei ich erregt, damit es möglichst schnell vorbei war. Dumm von mir. Wirklich dumm. Das Ganze führte dann in eine doofe Spirale. Je mehr ich mich körperlich von ihm entfernte, mich ihm verschloss, desto mehr rückte er mir nach, umklammerte mich quasi, geistig wie auch körperlich. Es fühlte sich an wie eine Zange, die sich um meinen Kopf legte. Eine Schraubwinde, die sich um meinen Daumen legte und immer enger wurde, eine beliebte Foltermethode im Mittelalter. Eine Schraubwinde, die mein Hirn zerquetscht.

Bis dann diese eine Nacht im Urlaub kam. Diese eine, völlig durche und ebenso übergriffige Nacht. Ja, Anton hatte sich entschuldigt. Hatte geschworen, das nie wieder zu tun. Noch später aber stritt er alles ab. Männer. In diesem Moment konnte ich verstehen, warum Zara sie alle hasste.

Kopfkebs

BÄM BÄM BÄM
in meinem Kopf

Ich packe mir an meinen Schopf
Ab die Haare
Ab das Hirn

Ich schaff es nicht
Will nicht verlier'n

Mein Hirn das platzt
An dieser Wand
Bitte, hilf
Gib mir die Hand

Das Hirn platzt
Die Walnuss gebrochen
Habe meine eigene Pisse gerochen

Mein Hirn das platzt
An dieser Wand
Bitte, hilf,
Gib deine Hand

+++

NEIN, DU DARFST DEINEN SCHWANZ NICHT ZWISCHEN
MEINE BEINE LEGEN!!! DU WIDERLICHER, ABGEFAHRENER
WICHSER!! *HOL DEINEN SCHWANZ DA RAUS!* FICK DOCH,
WEN DU WILLST! ABER NICHT MICH, WENN ICH ES NICHT
WILL!!11!

+++
+++++++++++++++++++++++++++++++++++

„FICK DOCH WEN DU WILLST, DU HURENSOHN!", schrieb ich in großen, edding-dicken Lettern auf die Rückseite des Buches, das Anton mir geliehen hatte. *Schuld und Sühne* von Fjodor Michailowitsch Dostojewski. Ich weiß gar nicht, ob es Anton war, den ich damit meinte. Vielleicht wollte ich auch einfach freie Liebe für alle (ja, auch Sexarbeiter*innen haben Kinder – „Hurensohn" und so). Aber ich hatte einen unglaublichen Hass in mir, damals, zu dem Zeitpunkt, als ich es tat. Einen Hass auf die Abhängigkeit, in die meine Beziehung mich getrieben hatte. Einen Hass darauf, dass sie mich dazu gebracht hatte, wieder und wieder gegen meinen Willen mit Anton zu schlafen. Einen Hass darauf, dass ich mich so von dieser Beziehung hatte abhängig machen lassen. Einen Hass darauf, dass ich mich durch sie von Freunden und Familie entfernt hatte. Hass, dass sie mich dazu gebracht hatte, so viel zu kiffen. Hass, dass ich das alles mit mir hatte machen lassen. Hass, dass ich das alles mit mir gemacht hatte. Einen Hass auf die gesamte grausame einsame Welt. Meine Seele stirbt! dachte ich. Meine Seele stirbt, und ich kann nur hilflos dabei zuschauen. Ich spürte, dass ich immer weniger die Rike war, die ich zu sein geglaubt hatte. Die Rike, die ich kannte. Wo bist du, Rike? fragte ich mich. Wo bist du? Doch dann rollte erneut eine Welle von Hass und Aggression durch mein Hirn.

Ich sprang auf. Stürmte auf den Flur hinaus. Dann lief ich in das nächste Zimmer. Die erstbeste Tür links (nach der Glaskammer, in der die Pfleger*innen immer saßen) nahm ich. Riss die Zimmertür auf. Ein Waschbecken mit Spiegel und zwei Etagenbetten. Auf dem hinteren, oberen Bett lag Kurt, der fast nie dort herauskam. Vorne unten saß der Nazi; später erfuhr ich, dass er Fritz hieß. Doch das alles interessierte mich nicht. Was meine Aufmerksamkeit in seinen Bann zog, waren die Süßigkeiten, die überall herumlagen. Überall lagen Süßigkeiten – auf Kurts Bett lag eine ganze Schachtel Kinderriegel, die er sich wohl extra gekauft hatte. Ich schnappte sie mir und stopfte in Windeseile einen Riegel nach dem anderen in mich hinein. Danach habe ich wohl noch die Zahnbürste von Fritz genommen, wie dieser später meinte, doch daran erinnere ich mich nicht.

Dann lief ich weiter. Ins nächste Zimmer. Den Gang rauf und dann rechts. Da wohnte Heiko, der stinkende Mann. Heikos Schrebergarten mit seinen drei Katzen. Ich habe über ihn eine Kurzgeschichte geschrieben, die ich am Ende meiner Aufzeichnungen angefügt habe. Sonst gab es hier nicht viel zu holen. Also ins nächste Zimmer. Einmal den ganzen Flur entlang, vorbei am Speisesaal, bis in die hintere rechte Ecke. Ich öffnete die Tür. Auf dem Bett direkt links neben der Tür lag ein mir bis dato unbekannter Mann um die dreißig und weinte bitterlich.

„Ent-…entschuldigung", stammelte ich. „Falsche Tür." Einen kurzen Moment war ich irritiert, das weiß ich noch. Warum weinte der Mann? Schnell verließ ich das Zimmer wieder und schloss die Tür. Aus den Augen – aus dem Sinn. Dann also der nächste Raum, links von dem mit dem Weinenden. Hier wohnte Heidi, die ich lange Zeit für meine Tante hielt, aber die die Station dann auch ziemlich schnell verlassen hatte. Und Margarete, meine Oma, musste auch hier wohnen, wie ich an der Bonbonpackung auf dem Bett erkannte. An der Wand gegenüber der Betten stand ein kleiner Tisch. Auf ihm befanden sich ein Tablett mit Rauchutensilien sowie Weintrauben und diverses anderes Zeug. So viel Tabak! Eine ganze Dose voll (bestimmt mindestens 500 Gramm) sowie schon vorge-

fertigte Zigarettenhülsen und eine entsprechende Stopf-
maschine. Ein paar fertig Gestopfte lagen auch dabei. Ich
überlegte kurz, ob ich sie mir einstecken sollte, doch
dann sprach ich: „Rauchen ist ungesund!" Ich entschloss
mich also, den ganzen Kram wegzuschmeißen. Ich wollte
mich schützen; aber auch diejenigen, die das alles rauchen wollten. Das sage ich mir zumindest im Nachhinein.
Es musste Krügers Sohn sein, vermutete ich. Ich holte einen dieser gelben Plastikmülleimer hervor, wie es sie
auch in meiner Grundschule gegeben hatte. In der wei-
terführenden waren sie dann blau gewesen. Dann nahm
ich das Rauchertablett und schüttete den gesamten Inhalt in den Papierkorb. Ich hasste Zigaretten!

Aber da lag auch ein Kleid auf Heidis Bett. Ein lilafar-
benes, mit einem kurzen, falten-werfenden Rock und
Spaghettiträgern. Ich hatte schon lange kein Kleid mehr
getragen. Ich stopfte kurz die Schale mit den Weintrauben in mich hinein und ging dann langsam auf das Bett
zu. Ich wusste, das würde Heidi nicht gefallen, was ich
hier gerade tat. Ich wusste, sie wollte nicht, dass ich, ohne
zu fragen, einfach so, ihr Kleid anzog. Ich fühlte mich wie
in meiner Kindheit, wenn ich heimlich Klamotten aus
dem Kleiderschrank meiner Mutter oder wahlweise meines Vaters mitgehen ließ oder Süßigkeiten aus dem Zimmer meines Bruders klaute. Ich wusste, ich sollte das
nicht und hätte wahrscheinlich auch nur zu fragen brauchen, um das, was ich wollte, zu bekommen (gut, bei den
Süßigkeiten war ich mir da nicht ganz so sicher), aber fragen konnte eben auch ein Nein bedeuten. Außerdem
hatte dieses Handeln, das Verbotene, auch seinen gewis-
sen Reiz. Na, vor allem aber ging es schneller und war weniger Aufwand als vorher auf die Leute zu warten und sie
zu fragen. Also nahm ich das Kleid. Zog langsam meine
eigene Jeans und das T-Shirt aus und schlüpfte bedächtig

in den lilafarbenen Stoff. Ich hatte keinen Spiegel (ich glaube, es gab im IPZ nur auf den Bädern Spiegel), doch ich stellte mir vor, dass ich in dem Kleid wunderschön, grazil, nahezu magisch aussah. Ich ging also ins Badezimmer, um mich zu betrachten. Ich sah wirklich schön aus. Wirklich, schön. Wirklich schön. So mussten mich einfach alle lieben.

Auf dem Weg ins Bad hatte ich festgestellt, dass anscheinend ein Kamerateam anwesend war. Ich wusste nicht genau, wofür sie die Aufnahmen haben wollten, aber es schien so, als hätten sie eine geheime Kamera hinter der Glasscheibe des Speisesaals aufgestellt (so, dass man sie von außen nicht sieht – die Glasscheibe hatten sie nämlich verspiegelt, so wie man das von den Verhörräumen in den Krimis kennt), und wollten nun ein paar gute Aufnahmen davon haben, was denn so in dieser Anstalt hier passierte. *Die Anstalt*, schmunzelte ich. Gute Aufnahmen konnte ich ihnen liefern. Wollte ich ihnen liefern! Ich würde ganz groß herauskommen, ein Star werden! Berühmt sein, noch berühmter, und reich werden. So viel reicher würde ich sein. Aber ich tat es nicht wegen des Reichtums. Ich tat es wegen des Ruhms. Ich würde ganz vorne tanzen. Auf der Bühne, ganz vorne, während Clara mit ihrer Band hinter mir spielte und ein Stück nach dem andren abfetzte. In roten Schuhen würde ich tanzen. In abgefahrenen, schrillen Kleidern, bis die Sohlen der Schuhe durchgetanzt waren. Alle würden mich lieben. Alle. Auf mich schauen. Die funkensprühende Energie vernehmen, die Impulsivität, die Leichtigkeit, den wilden wundersamen Wahn. Ich wusste, dass ich das konnte. Ich wusste, ich konnte ein Star sein. Konnte Menschen durch das, was ich tat, berühren, catchen, fangen, ihnen die Augen öffnen und sie in meinen Bann ziehen. Sie erwachen lassen aus ihrem Schlummer der Gleichförmigkeit; ihnen zeigen, wie großartig das Leben sein konnte. Und hier, vor dieser Kamera, sollte nun mein erster großer Auftritt sein.

Ich wickelte mir Klopapier um die Füße. Machte meine Haare zurecht, indem ich sie zu vielen kleinen, zu allen Seiten abstehenden Zöpfen band. Überlegte, ob ich mir noch etwas anderes anziehen sollte, damit ich nachher umso mehr ausziehen konnte. Doch ich hätte auf die Schnelle nicht gewusst, was, und unterließ es deshalb. Stattdessen schmierte ich mir in Ermangelung an Haarwachs (auch „Pomade" oder „Gel" genannt) noch ein wenig Seife in die Haare und sorgte dafür, dass einer der Träger des Kleides halb über meine Schulter rutscht. Ich war Jesus, Jesua, die Mutter Gottes und Göttin selbst. War der gefallene Engel und die wiederauferstandene Geächtete. War Pontius Pilatus, der seine Hände in Unschuld wusch, und war die Schlange, die Eva und Adam im Paradies verführte. Die Frau war nur deshalb unterdrückt, weil sie als „Verräterin" und „Das Böse" galt. Dabei war es die Schlange, die Eva in den Apfel beißen ließ, und der Mensch, der sich letztlich selbst von der ihm von Gott auferlegten Blindheit befreite. Wer will schon blind sein? Ich nicht! Ich rannte vor die Glasscheibe.

„Hier stehe ich, vor dem Gericht Gottes, und sage, dass ich wieder sehen kann!", rief ich voller Inbrunst.

„Standfest wie ein Fels und wie in Stein gemeißelt stehe ich hier." Ich blickte direkt in die Glasscheibe.

„Gott!", rief ich Es an. „Ich bin gekommen, um zu beweisen, dass ich nicht verrückt bin. Das war meine Mission. Verrückt, das sind die anderen. Die, die mitmachen in diesem System, die die Augen geschlossen und die Ohren auf Durchzug gestellt haben. Die die Nase dicht und die Zunge taub haben werden lassen. Verrückt – das sind wir alle! Wir sind alle verrückt! Ich war verrückt, doch nun bin ich wieder geheilt! Die Wunden an meinen Füßen haben sich wieder verschlossen. Ich habe mich selbst geheilt. Seht!"

Und damit löste ich das Klopapier, das ich mir um die Füße gewickelt hatte, und hob den guten Rechten nackt empor. Endlich konnte ich wieder laufen. Endlich wieder barfuß sein! Endlich war ich wieder eins, mit mir, dem Boden, meiner Umgebung, der Umwelt, dem unter mir. Mit Allem, Eins mit Allem und Alles mit Einem! Ein Teil des Ganzen, ein Teil vom Ganzen, dem Ganzen ein Teil, das Ganze als Teil! --

„Ich bin die Tochter Gottes, und Gottes Tochter bin ich!" rief ich noch einmal, und brach in ein gefühlt endloses Lachen aus.

Die anderen liefen ziemlich unbeeindruckt weiter. Ich blickte zu Boden. Lange Streifen von zerfetztem Klopapier lagen dort, und einige andere hatten das Zeug durch ihr Geschlurfe schon über den ganzen Flur verteilt. Die Pflegemenschen schauten mich skeptisch an. Das Kamerateam–? Ich weiß es nicht. Ich hoffte, sie hatten die Aufnahme im Kasten. Hatten all das mitgeschnitten, so dass ich es mir später noch mal ansehen konnte. Ich musste echt gut gewesen sein! „Wo läuft das später?", fragte ich einen Mann, der gerade aus dem Zimmer hinter der verspiegelten Glasscheibe heraustrat (es war zum Filmstudio umfunktionierte Speisesaal).

„Wie bitte?", fragte er. Ich war verwirrt. Wusste er denn gar nichts von der Aufnahme? – Ah, natürlich nicht! dachte ich dann, und schlug mir mit der Hand auf die flache Stirn. Die war ja geheim!

Ich zog mir das Kleid, das ich mir während des Auftritts vom Körper gerissen hatte, wieder an, und ging in das Zimmer von Heidi zurück. Ich wollte es zurücklegen und es wieder gegen meine eigentlichen Klamotten tauschen. Heidi saß auf einem Stuhl, an dem kleinen Tisch, von dem ich gerade die Rauchutensilien entfernt und die Weintrauben vernichtet hatte. Es kam mir vor, als sei das bereits eine Ewigkeit her.

„Was hast du getan?" fragte sie schluchzend, als sie mich erblickte, und sah mich aus verweinten Augen an. „Du kannst doch nicht einfach mein schönes Kleid anziehen! Wenn das kaputt gegangen wäre! Und die Weintrauben! Ein, zwei, oder auch drei zu essen, ist ja noch okay. Aber direkt die ganze Schale?!" Sie schluchzte. „Weißt du, das sind meine Lieblingsfrüchte, das musst du wissen, und die hat mir mein Mann, der wegen seinem Job so selten hier sein kann, extra mitgebracht! Weil ich sie so gerne mag, und weil er meinte, dass sie gegen Depressionen helfen. Obst ist nämlich wichtig. Vitamine vor allem. Und, außerdem macht es mich immer so glücklich, die zu essen. Diese kleinen, süßen Häppchen. Ich ziehe immer erst vorsichtig mit den Lippen die Haut ab, und dann habe ich die Traube nackt und weich vor mir und kann sie ganz genüsslich vernaschen. Hach, und nun sind sie alle weg ...!!"

Ich verstummte. Ich erstarrte. Da hatte ich jetzt also einer Frau, die schwer depressiv war und deren einziger Hoffnungsschimmer solche runden, hellgrünen, essbaren Kügelchen waren, diesen Hoffnungsschimmer komplett weggeputzt und ihr damit jede Möglichkeit genommen, jemals wieder glücklich zu sein. Theatralisch. Meine Oma Margarete war auch da.

„Das kannst du wirklich nicht machen, mein Kind", sagte sie und schüttelte tadelnd den Kopf. Das brach mir metaphorisch das Herz.

„Es tut mir leid!" brachte ich zwischen den ersten Schluchzern hervor. Ich verließ das Zimmer. Zog vorher noch das Kleid aus und meine Kleider wieder an und stürmte dann aus dem Raum. Wollte nichts mehr sehen und niemanden. Wollte alles, alles um mich herum vergessen. Wollte nur noch frei sein, vergessen, nicht mehr leben, alles vergessen.

Schwärze, tiefe Schwärze und Dunkelheit umfing mich. Bilder, Bilder in meinem Kopf. Schatten, Geister, die auf mich eindrangen. Die in mich eindrangen und mich bedrängten. Ich konnte nicht genau erkennen, was es war. Diffuse Dunkelheit übermannte mich. Der Raum wurde immer enger und die Wände zogen sich immer weiter um mich zusammen, während dunkle Schatten auf mich einstürzten. Panik machte sich breit. Panik und Angst. Bei meinem ersten Gras-Horrortrip war es ähnlich gewesen. Da habe ich versucht, mich unter Anton zu verstecken, ihm meine Finger in die Brust gekrallt und mich an ihn geklammert. Das war jetzt nicht möglich. Ich war auf mich allein gestellt.

Ich riss die nächstbeste Tür auf. Es war die, wo vorhin der Mann geweint hatte, doch der war jetzt nicht mehr da. Ich schmiss mich aufs Bett und flennte. Flennte hemmungslos=bitterlich, wie ich es, seit ich ein Kleinkind gewesen war, nicht mehr getan hatte. Ich wusste mich nicht anders auszudrücken. Ich weinte, Rotz und Wasser, und rief tatsächlich auch nach meiner Mama. Dann schlug ich den Kopf gegen die Wand und schrie und brüllte. Laute, die vielmehr – wenn überhaupt aus dem Reich der Lebenden – animalisch klangen und nicht wie die eines Menschen. Ich schrie, brüllte, und donnerte den Kopf gegen die Wand. Ich sah, wie wilde Muster auf der Tapete erschienen. Feine Risse im Putz, die ich durch die Gewalt meines Kopfes verursachte. Abstrakte, eckige und verschachtelte Formen und Figuren. Ich konnte sie vor mir sehen. Konnte sehen, wie sie sich in kompositorischer

Harmonie zu Bildern und Zeichen formten, die nur ich verstand. Bilder und Zeichen, Risse in der Wand, Öffnungen zur Nebenwelt. Sie fügten sich zu einer Einheit zusammen, wollten mir etwas ganz Bestimmtes mitteilen. Die Welt, das Universum, die Transzendenz sprach zu mir.

Ich begann zu lachen. Schrie unbändig. Lachte. Ich lachte, laut und gackernd lachte ich. Ich lachte und lachte, wie ich noch nie in meinem Leben gelacht hatte. Ich schüttete mich lachend aus über die Blumen in meinem Kopf. Lachte, über die Muster an der Wand. Die Weintrauben, die ich wie kleine grüne Murmeln aus Glas alle in mich hineingestopft hatte. Die Show, die ich geliefert hatte. Und letztendlich, ja letztendlich lachte ich vor allem auch über mich selbst. Über mein eigenes, kleines, beschissenes Leben. Über die Zelle, in der ich hier gefangen gehalten wurde. Über die Gründe, die mich hier hingebracht hatten. Über Zula, den ich liebte, oder zumindest dachte, dass ich das tat. Über Heidi, meine Oma Margarete, Raph und Reinhold. Über Heiko, der immer mit seinem viel zu großem, aber offenbar einzigem Kleidungsstück, das er besaß, dem schmuddeligen orangefarbenen T-Shirt mit der Aufschrift „Let`s Reggae!" auf dem Rücken rumlief. Über sein offenes Bein, das eigentlich ein Raucherbein war, und die Wunden, die er tagtäglich rieb, auch wenn das eigentlich gar nicht lustig war. Über Dr. Schwarz, Dr. Koch, Christa und Anastasia. Über die kleine Maus, Frau Doktor Mund, die mich behandelt hatte und deren Gesicht ich mir bei der Urinprobe vorgestellt habe. Über alles und alle, niemanden und nichts, über Gott, die Menschheit, das Universum und die Welt. Ich lachte und lachte, dann weinte und schrie ich erneut, schlug den Kopf noch ein paar Mal gegen die Wand und schlief dann endlich ein. Es folgte ein langer, traumloser Schlaf, der mich die Dinge, die ich gerade erlebt hatte, vorerst vergessen ließ.

*

*   *

ALS ICH WIEDER AUFWACHTE, WAR MEIN KOPF DEUTLICH KLARER.
Man gab mir seit meiner Ankunft hier ein Mittel, das mich
beruhigen sollte. Das „sedierend" war und zudem meine
angebliche Krankheit heilen sollte. Vielleicht hatte dieses
Medikament mittlerweile angeschlagen, hatte „seinen
Pegel aufgebaut". Jedenfalls war mein Kopf schwer, und
ich fühlte insgesamt eine bleierne Müdigkeit. Speichel
triefte mir in halb eingetrockneten, weißen Fäden aus
dem Mund und ich konnte nur noch durch die Gegend
schlurfen. Das war keine Tollwut oder so, die mich befallen hatte. Das war die überaus starke Wirkung des sedierenden Medikamentikums, das man mir verabreicht
hatte.

Ich hatte den Eindruck, dass die Ärzt*innen und Pfleger*innen froh waren, dass ich endlich ruhiger war. Auch
meine Mitpatient*innen freuten sich anscheinend. Sie
gingen mir nicht mehr aus dem Weg, sondern ließen es
zu, dass ich wie eine von ihnen durch die Gänge schlurfte
und unter ihnen abends im Aufenthaltsraum saß und
Fernsehen schaute. Auch wenn ich das nicht häufig und
vor allem nicht gerne machte, weil ich Fernseher – und
vor allem das, was sie zeigen – schon immer zumeist todlangweilig fand, setzte ich mich dennoch manchmal dazu,
um einfach abends Gesellschaft zu haben oder weil die
Alternative – allein in meinem Zimmer zu sitzen oder zu
liegen und nichts zu tun – noch langweiliger war.

Ich schlurfte also durch die Gänge. Sprach meistens nichts, sehr wenig, kaum. Später sah ich, dass alle, die hier eingeliefert wurden, zunächst nur noch als wandelnde Zombies durch die Gegend liefen und nahezu vollständig ihrer Persönlichkeit beraubt waren. Das war krass mitanzusehen!

Die Folgetage verliefen dann sehr ruhig und gleichmäßig.

06:30 Uhr: Frühstück; eine Brötchenhälfte mit Butter und Honig und die andere mit Quark beschmiert.

12 Uhr: Mittag; immer irgendwelche warm gemachte Pampe aus der Klappsenkantine; alle 14 Tage dasselbe Gericht. Außerdem irgendein billiges Süßteil; für die meisten meiner Mitpatient*innen das Highlight des Tages.

17 Uhr: Abendessen. Zwei Scheiben Graubrot mit vegetarischem Aufstrich und dazu ein Stück Obst.

Vielleicht wollte ich gar nicht im Mittelpunkt stehen. Auch nicht liegen oder sitzen. Lieber hier, in entspannter Abgeschiedenheit, ein paar ruhige Wochen genießen. Es war nicht der schlechteste Ort, um hier meine Zeit zu verbringen. Ich hatte täglich drei Mahlzeiten, brauchte mich um nichts zu kümmern und hatte genug Zeit, um zu lesen – auch wenn ich das mittlerweile nur noch sehr selten tat, weil ich das Gefühl hatte, dass das für mein Hirn unheimlich anstrengend war und ich zudem kaum mehr ein Wort verstand.

„Das ist normal", hatte Dr. Koch, der Oberarzt, gesagt. „Trainieren Sie ihr Hirn, Frau Lichtenberg. Trainieren Sie es. Jeden Tag ein bisschen mehr. Sie müssen ja nicht gleich mit Dostojewski anfangen. Dann wird das auch wieder was."

Doch ich trainierte mein Hirn nicht. Weder mit der BRAVOgirl noch mit Dostojewski.

Der Alltag auf P4b begann.

*

*   *

ES WAR FILMABEND. Also, eigentlich kommt ja jeden Abend irgendetwas im Fernsehen, das ich nicht mag. Aber an diesem Abend war es anders. An diesem Abend, da war es vielmehr ein Kino, das da war, und alle, ja wirklich alle, die sich zu der Zeit auf der Station befanden, saßen nebeneinander vor dem Bildschirm.

Alle außer mir. Ich hatte keine wirkliche Lust, einen Film zu schauen, biesterte aber – vor allem, da mir schrecklich langweilig war – um die anderen herum. Nur ab und zu warf ich einen Blick auf die Bilder, die da vorne gezeigt wurden, erkannte dann aber verschiedenste Motive, die ich nicht wirklich zu einer Storyline zusammenfügen konnte.

„Guck mal, Katzen! Du magst doch Katzen oder, Rike?", sagte Reinhold, als ich bei ihm angekommen war. Ich hielt inne, stellte mich kurz neben ihn und stützte mich an seiner Schulter ab. „Schau doch mal!", wiederholte er noch einmal.

Ich warf einen längeren Blick auf das Fernsehgerät. Erkannte, dass es sich bei dem dargestellten Plüschhaufen tatsächlich um Katzen handeln musste. Eine schwarze Katze wurde gezeigt und eine kleine, graue Katze, die von einer hellen Kinderhand gestreichelt wurde. Dann, plötzlich, setzte das Kind zu sprechen an:

„Ich mag Katzen. Katzen sind meine Lieblingstiere. Irgendwann, wenn ich groß bin, möchte ich auch mal eine Katze haben."

Die Sätze trafen mich wie ein Schlag. Ich griff den Stuhl rechts neben Reinhold, der noch frei war, und ließ mich auf ihn fallen. Dann starrte ich noch einmal auf den Bildschirm. Das Kind, das da geredet hatte, wurde nur aus der Ferne dargestellt.

Kurze, braune Haare. Rote Regenjacke. Ich erkannte mich sofort. Ich erkannte, dass es sich bei dem Film, der da gezeigt wurde, um eine Dokumentation meines eigenen Lebens handelte...! Das war der Grund, warum alle so gespannt zuschauten. Das war es, weshalb Reinhold vorhin gesagt hatte: „Dieser Film könnte dich interessieren", obwohl er genau wusste, dass ich die meisten Filme uninteressant und ihr Schauen als sinnlosen Zeitvertreib empfand. Das war, weshalb mich alle so merkwürdig angestarrt hatten, als ich zwischen ihnen entlang spaziert war, auch wenn sie doch eigentlich so vom Gesehenen fasziniert waren. Das. War. Es. Gebannt blieb ich sitzen.

Irgendjemand nahm die Fernbedienung und schaltete um. Ein Action-Film. Zwei Männer, mein Papa und mein Bruder, wie sie als Superhelden in fernen Ländern herumreisten. Sie hatten eine Mission, die es zu erfüllen galt. Sie mussten irgendetwas holen, an irgendetwas herankommen. Oder irgendetwas irgendwo hinbringen. Irgendetwas Superwichtiges auf jeden Fall.

An etwas herankommen, das wichtig für mein Überleben war. Ja...! Und das Ganze war live!! Ich hoffte und bangte, dass sie es schaffen würden, fieberte mit und machte mir Sorgen um die beiden. Ob es ihnen mit mir wohl genauso ging?

Es geht mir gut :), schrieb ich an dem Abend, als ich für eine halbe Stunde mein Handy zur Verfügung hatte, in die Familiengruppe. Krass war das alles. Krass, dass es einen Film über mich gab. Krass, dass es einen Film über mein Leben gab.

Ich fragte mich, wo sie die Aufnahmen herhatten. Meine Eltern hatten in meiner Kindheit so gut wie keine Fotos gemacht und erst recht nicht gefilmt, zumindest hatten sie mir das immer gesagt. Merkwürdigerweise waren hier aber Filmaufnahmen von mir. Merkwürdig... Merkwürdig. Des Merkens würdig. Merkwürdig, aber auch ganz schön. Ich war gespannt, wie der Film – mein Leben! – ausgehen würde. Spannend war es auf alle Fälle.

Später an diesem Abend gab es eine weitere amüsante und absurde Szene. Uschi, die Neue auf der Station, setzte sich auch zu uns in den Fernsehraum und wollte mitgucken. Erst saß sie mit uns allen in einer Reihe. Dann sprang sie plötzlich auf, griff ihren Stuhl, nahm ihn, und stellte ihn ganz dicht und direkt vorne vor den Fernsehapparat.

„Geht das so?" fragte sie mit einem hektischen Blick nach hinten. „Ich sehe sonst nichts. Habe meine Brille verloren."

Ich lachte. „Kenn ich!", sagte ich. Ich war anfangs auch ohne Brille halbblind durch die Gänge gestolpert, bis eine Pflegerin mir meine Zimmernummer, die 13, extra groß auf einen DÍNA4-Zettel an die Zimmertür geklebt hatte. Die 13...

Uschi also auch...-!

EIN EINGEHENDERES GESPRÄCH MIT USCHI FOLGTE am Tage darauf. Sie sagte, sie habe auch Philosophie studiert, und sie habe sogar ihren Doktor gemacht. Als ich ihr von meiner Theorie erzählte, hörte sie aufmerksam und, wie ich annahm, auch fasziniert zu.

„Ich komm nicht damit klar, wenn Menschen mir zu nahe kommen", sagte ich irgendwann zwischendurch. Sie trat sofort einen Schritt zurück. Das war zugleich witzig und irre aufmerksam von ihr. Ich hatte mich auf *emotionale* Nähe bezogen.

Ich griff ein Blatt Papier und begann, das Erklärte durch Zeichnungen zu untermalen.

„Das hier ist ein menschliches Gehirn. Mein Gehirn. Hier, hinten links, ist das Zentrum für unser Zeitbewusstsein, also unser eigenes Wissen um die Weltzeit und unserer Verortung in ihr. Rechts ist das für den Ort, also das Wissen um unsere lokale, geografische Verortung in der Welt. Die linke Gehirnhälfte ist für die rechte Körperseite zuständig und umgekehrt. Das heißt, dass sich die beiden Zentren hier in der Mitte kreuzen. Bei mir aber, da ist genau hier, in eben dieser Mitte, zwischen den beiden Zentren, ein Schaden. Da hatte ich als Kind mal eine krasse Beule und dann ein Blutgerinnsel im Hirn, das nicht früh genug bemerkt wurde. Das heißt, ich habe einen Schaden an der Stelle, wo eigentlich Zeit und Ort im menschlichen Gehirn verknüpft werden. Es ist mir also nicht möglich, meine eigene lokale und zeitliche Position in dieser Welt festzustellen beziehungsweise meine eigene Örtlich- und Zeitlichkeit anzuerkennen.

Dies ermöglicht mir einerseits einen Blickwinkel, der außerhalb dieser Ort-Zeit-Konstruktion steht. Eine Betrachtungsweise, die nicht weltgebunden ist. Andererseits ist es unglaublich wichtig, beide Gehirnhälften miteinander zu verknüpfen. Also, nicht nur eine Hälfte des Hirns nutzen, sondern beide, und das im besten Fall auch zusammen. Denn dann verbinden sich Ort und Zeit, Theorie und Praxis, Körperliches und Geistiges, und der Mensch nimmt sich als gesamte Einheit wahr. Das erst ermöglicht uns, wahrhaft ganz zu sein und damit auch eine

Balance zwischen Nähe und Distanz zu finden. Damit können wir selbst erst einschätzen, was es bedeutet, als Lebewesen mit begrenzter Lebensspanne und Ortswahl, als Mensch mit begrenztem Zeit- und Ortshorizont auf dieser Welt zu sein. Damit erst sind wir fähig, als Mensch in dieser Welt zu handeln.

Bei mir ist dieser Fleck, an dem beides zusammenläuft, beschädigt, wie ich schon gesagt habe. Hoffentlich nur temporär, aber das ist der Grund, warum ich ein Problem mit Nähe und Distanz habe."

Dieses Problem hatte ich in meiner Beziehung zu Anton festgestellt. Natürlich wünschte ich mir Nähe, irgendwo, aber zeitgleich merkte ich, dass ich mich, je häufiger und intensiver wir uns physisch nahe waren, emotional von ihm distanzierte. Er bemerkte diese mentale Distanz und versuchte, sie durch körperliche Nähe irgendwo wiederherzustellen, was bei mir aber nur dazu führte, dass ich mich geistig immer mehr eingegrenzt sah und mich ihm deshalb immer weiter verschloss und ihm entfloh. Das Nähe-Distanz-Problem.

„Woher weißt du, was da jeweils für Zentren sind?", fragte Uschi da.

„Mmh... – Das habe ich auf einem Schaubild im Internet gesehen. Da war ein menschlicher Kopf abgebildet; der gesamte Kopf war dargestellt, in unterschiedlichen Farben und Formen. Die Buchstaben hatten unterschiedliche Größen, je nach der Größe der jeweiligen Areale und es waren auch interdisziplinäre Verknüpfungen zwischen den einzelnen Arealen dargestellt. Ach ja, und dann stand da halt immer, um welches Areal es sich gerade handelt. Daher weiß ich das."

„Ist ja toll!" sagte Uschi, und hörte mir zu. Hörte mir zu, sah mich aufmerksam an, und ich erkannte in ihr in diesem Moment eine Verbündete.

DER GEBURTSTAG MEINES SENSEIS war ein besonderes Ereignis. Alle Anwesenden, vermutlich inklusive ihm selbst, wussten, dass dies auch sein letztes Abendmahl war. Wie immer zu den Mahlzeiten kam er zu spät. Während wir alle Brot, Wurst, Käse und ein wenig aufgeschnittene Tomaten und Gurken aßen, bekam er die aufgewärmten Reste vom Mittagessen. Es war Gemüsesuppe. Die Stimmung war gedrückt und angespannt. Wir alle trugen diese Trauer in uns, wussten, dies ist das letzte Mal, dass wir uns in dieser Konstellation und mit Rainer mitten unter uns sahen. Und dennoch wollte es niemand wirklich aussprechen. Wir versuchten, uns möglichst normal zu unterhalten. Redeten über das Wetter und andere Belanglosigkeiten. Aber es waren alle versammelt. Sämtliche ehemaligen und auch ein paar aktuelle Kampfkünstler*innen, die ihren Weg lange Zeit gemeinsam mit und auch geleitet durch Rainer gegangen waren. Die ihn schätzen und achten gelernt hatten und für die er, auch in seinen letzten Tagen, noch immer ihr Mentor darstellte. Und ich war mitten unter ihnen. Ich war ein wenig stolz, mich in diesem Kreise bewegen zu dürfen. Aber, vor allem anderen, war ich zutiefst bewegt. War traurig. Traurig, meinen Sensei in seiner physischen Ausprägung zu verlieren.

Hier im IPZ hatte ich, nachdem er etwa anderthalb Wochen nach mir eingeliefert worden war, immer versucht, ihn besonders zuvorkommend zu behandeln. Nicht etwa, weil ich dachte, dass ich es ihm schuldig war, sondern weil ich ernsthaft Anerkennung, Respekt, und

Dankbarkeit für ihn empfand. Ich hatte ihm beispielsweise, wenn er wie so häufig zu spät zu einer der Mahlzeiten gekommen war, das vom Mittag übrig gebliebene und für ihn bestimmte Essen in der Stationsküche aufgewärmt. War mit den nun kalten Essensresten in die Stationsküche gegangen und hatte sie dort aufwärmen lassen. Hatte ihm das dann portionsgerecht und mit Besteck versehen an seinen Platz gestellt und er hatte mir zumeist gedankt und es immer gegessen. Rainer und ich verstanden uns gut hier. Das erste Mal in meinem Leben hatten wir eine Ebene, die keine reine Meister-Schülerin-Beziehung war, sondern irgendwo eine auf Augenhöhe.

„Man bedankt sich bei seinem Lehrer schlecht, wenn man immer der Schüler bleibt." *[F. Nietzsche]*, hatte mir mein ehemaliger Philo-Lehrer in ein Buch geschrieben.

Vielleicht lag es auch daran, dass er selbst nun körperlich nicht mehr in der Lage war, all das zu tun, was er vermutlich gerne getan hätte. Jedenfalls gingen wir auf eine sehr komplizenhafte Art und Weise miteinander um. Ich hatte einem Pfleger tatsächlich von der Begegnung erzählt, die Rainer und ich vor knapp zwei Wochen auf der Straße gehabt haben. Dass ich ihn umarmt habe und in ihm den Geist meines Senseis erkannte. Er fand das im Gegensatz zu mir keinen erwähnenswerten Zufall, sondern bemerkte, dass Rainer Alkoholiker sei und hier seinen bereits dritten Entzug mache.

Das glaubte ich nicht, denn ich konnte mir kaum vorstellen, dass mein Sensei dem Alkohol verfallen war. Der Körper, in dem sein Geist gerade steckte, vielleicht aber schon. Rainer fragte mich, ein paar Tage, nachdem wir das letzte Abendmahl begangen hatten, ob wir nicht mal zusammen ein Bierchen trinken wollen. Ich fand es auf kumpelhafter Basis eine coole Anfrage und die Vorstellung, mal wieder ein gepflegtes Bier zu trinken, war auch ganz charmant. Hier, im IPZ, war das leider nicht möglich – sämtliche Drogen waren uns versagt; Zigaretten komischerweise nicht – aber ich sagte ihm, dass wir beide, wenn er wieder draußen war und ich auch, gerne ein Bier zusammen trinken könnten. Dass ich gerne mit ihm einen trinken würde.

War das amoralisch? Verführte ich ihn somit zum Alkohol? Ich weiß es nicht. Ich sehe Suchtkranke noch immer als eigenständige Personen, und letztlich ist es ja seine Entscheidung, ob er diese Droge nimmt oder nicht. Andererseits – hat man diese Entscheidungsfreiheit noch, wenn man suchterkrankt ist? Vermutlich eher nicht, oder zumindest nur in einem sehr eingeschränkten Maße. Wiederum andererseits: Früher oder später muss man dann eh lernen, sich den Suchtmitteln, die überall lauern, zu verwehren. Dennoch, dachte ich, wenn ich ihm demnächst ein Bier von Penny anbiete, dann ein alkoholfreies. Die sind auch lecker.

Dazu kam es dann aber nicht. Bei Penny gab es nämlich nur Bier mit Alkohol. Ich kaufte trotzdem eines, für mich, weil Rainer mir ja jetzt so Appetit darauf gemacht hatte, hatte dann aber doch keine Lust, es zu trinken. Wahrscheinlich waren mit ausschlaggebend auch die Bedenken, ob das in meiner Psychose, die ich ja gerade haben sollte, so schlau war. Ich trank das Bier also nicht, sondern nahm es mit zur Uni, weil ich eh in die Bibliothek wollte, ein Buch abgeben. Das tat ich dann auch und bot das Bier ein paar Studis an, die davor rumlungerten. Die wollten kein Bier. Dilettanten!

HAFERFLOCKEN, MILCH, TEEBEUTEL UND GEMÜSEBRÜHE standen im Essensraum den ganzen Tag über zur freien Verfügung. Das war schön, denn das hieß, ich konnte diese Dinge auch außerhalb der regulären Mahlzeiten zu mir nehmen. Vor allem aber konnte ich somit meinen Hunger stillen. Der war nämlich – zumindest anfangs, als mein Körper noch auf viel Bewegung eingestellt war – größer, als die spartanischen Mahlzeiten im IPZ ihn decken konnten. Haferflocken, Milch, Tee, Gemüsebrühe. Das war also die Auswahl. Achja, ein Schälchen mit Zucker gab es auch noch, aber das habe ich jetzt mal außen vorgelassen, weil Zucker meiner Meinung nach nicht wirklich als Mahlzeit zählen kann und ich zu dem Zeitpunkt auch nicht auf die Idee gekommen wäre, dass jemand sich das einfach so irgendwo reinhaut.

Zuerst war ich noch wenig kreativ. Ich nahm mir eine dieser auf 200 ml begrenzten „*IPZ. Wir helfen.*"-Tassen, befüllte sie mit Haferflocken (weich, nicht kernig), und goss Milch drüber. Tatsächlich gab es hier auch Sojamilch, das war schon Luxus. Dann nahm ich mir noch einen Löffel, der ist schon ganz praktisch für so was, und so hatte ich meine erste Zwischenmahlzeit. Ich setzte mich ans Fenster, auf die Fensterbank, und aß den Müslibrei. Erst eine Tasse, und dann noch eine. Nach der zweiten Tasse davon hatte ich tatsächlich immer noch Hunger, aber keine Lust mehr auf Haferflocken mit Sojamilch. Es sollte irgendetwas Herzhafteres sein. Ich musste kreativer werden.

Haferflocken weiterhin, sie bildeten schließlich die einzige Stärkebeilage. Aber, statt nur Milch drüber zu gießen, fügte ich jetzt noch drei Teelöffel Gemüsebrühe und, als weitere geschmackliche Komponente, einen Teebeutel Schwarztee hinzu und goss dann erst die Milch, vermischt mit heißem Teewasser, damit die Gemüsebrühe sich auflöste, hinzu. Ich nahm die Tasse mit, samt Löffel, und verließ den Raum. Ich wollte mir irgendwo ein schöneres – oder auch nur anderes – Plätzchen für mein Essen suchen und wurde dann, auf dem Gang in der Ecke, wo der kleine Tisch stand, fündig.

An diesem Tisch hatte ich schon ganz zu Beginn meines Aufenthalts hier mit einer Person Schach gespielt, Jetzt aber saß Margarete auf ihrem Rollator an dem Tisch und schaute in der Gegend herum. Ich setzte mich zu ihr, auf einen Stuhl, und versuchte mir meinen Haferflocken-Gemüsebrühe-Schwarztee-Sojamilch-Brei schmecken zu lassen...

Es war scheußlich.

Margarete erzählte mir, während ich diesen Brei in mich hineinlöffelte, einen Schwank aus ihrem Leben. Das tut man wohl so als Mensch höheren Alters, und ich hörte ihr gerne zu. Sie erzählte, dass sie früher begeisterte und renommierte Jungsängerin gewesen war. Sie gab mir prompt auch ein kleines Ständchen zum Besten, räumte dann aber ein, dass ihre Stimme mittlerweile nur noch wenig geeignet zum Singen war. Dann holte sie eines ihrer Salbeibonbons heraus, von denen sie immer mindestens eine Tüte auf ihrem Rollator mit sich rumtrug.

„Deshalb, Rike, lutsche ich immer diese Bonbons. Die helfen gegen das Kratzen im Hals und machen die Stimme schön weich und samtig. Hier, nimm auch welche!"

Unüberlegt hielt ich ihr die offene Hand hin und sie schüttete mir gleich mindestens ein Dutzend Bonbons darein. „Die sind gut für dich. Ganz sicher!" bekräftigte sie nochmals und ich fragte mich, ob meine Stimme so kratzig war.

Ich nutzte die Bonbons dann nicht, um damit meine Stimme zu ölen. Ich wollte gar nicht Sängerin werden und fand meine Stimme für den alltäglichen Gebrauch auch voll okay. Zu einem späteren Zeitpunkt aber hatte ich dann eine wirklich zündende Idee, was mit diesen Bonbons anzufangen sei. Ich lutschte sie, und – wenn sie dann dünn genug gelutscht waren – klemmte ich sie hochkant von oben nach unten in die Lücke zwischen meinen Schneidezähnen. Damit konnte ich sicherstellen, beim vermehrten Praktizieren dieser Übung, dass beide Zahnzwischenräume der oberen und unteren Kauleiste auf einer Gerade waren und somit linear verliefen. Das war essenziell wichtig. Die Stellung der Zähne nämlich wirkte sich in direkter Form auf die Anordnung und somit auch bevorzugten Verbindungsmöglichkeiten der einzelnen Areale im Hirn aus und umgekehrt. Zähne und Hirnareale standen also in einer Art Wechselwirkung zueinander, wobei jedem Zahn ein entsprechendes Areal zugeordnet war. Jaa ... –

„WISSEN SIE, WARUM SIE HIER SIND, FRAU LICHTENBERG?", fragte mich der Oberarzt bei der Visite. Zwei Mal pro Woche sollte der vorbeikommen, und das tat er dann auch. Die Frage wunderte mich und verärgerte mich tatsächlich auch ein wenig. Das mussten die doch am besten wissen! Natürlich hatte auch ich im scheinbar unendlichen Wissensfundus namens Internet recherchiert; hatte die Diagnose, die sie mir mal genannt hatten – schizo-affektive Psychose – nachgeschlagen und, weitestgehend, den angegeben Symptomen wie dem Krankheitsverlauf nach Vergleich mit meinem eigenen Zustand zustimmen können.

„Eine schizo-affektive Psychose habe ich", sagte ich deshalb, und schaute den Arzt halb provozierend, halb fragend, an. „Deshalb bin ich wohl hier."

„Ja", sagte er. „Das sagen wir. Aber die Patienten haben da manchmal eine ganz eigene Vorstellung, also, äh, andere Worte, dafür, was sie haben."

„Mh...", sagte ich - da war es schon wieder. „Ich weiß nicht... Die Sachen, die ich dazu gelesen habe – nicht von Ihnen, da kam ja nichts – ", (seitenhiebte ich gekonnt), „aber im Internet – fand ich eigentlich ganz passend. Verfolgungsangst, Beziehungswahn... Das klang alles ganz, naja, logisch, irgendwie", sagte ich.

„Und was fühlen Sie noch, Frau Lichtenberg?", hakte der Arzt nach.

„Mh. Ich habe vor allem Kopfschmerzen. Und ihre Tabletten, die machen mich so unendlich müde, wissen Sie. Müde... Und schläfrig. Mh... Manchmal, ja manchmal habe ich das Gefühl, mich selbst zu verlieren. Da habe ich das Gefühl, dass mein Geist stirbt."

Den letzten Satz hätte ich nicht sagen sollen, denn das – wie ich später nach der Entlassung und beim Lesen der mir ausgehändigten Unterlagen sah – notierte er direkt in meiner Krankenakte. *Pat. sagt, ihr „Geist" sterbe.*

Wow... Da hatten sie jetzt direkt den Beweis, dass ich nur verrückt sein konnte, wenn ich von so etwas völlig Irrationalem wie einem Geist sprach. Besser, ich sagte gar nichts mehr. Dachte ich. Das war dann aber auch keine Lösung.

Natürlich war das keine Lösung. Ich konnte nicht einfach stumm sein, nicht einfach zu einem nichtveranwortlichen, mutistischen Objekt werden. Dennoch wäre ich ein solches gerne gewesen. Ich wusste zu dem Zeitpunkt nicht, wer ich sein wollte; und das hätte die Dinge deutlich einfacher gemacht.

> *„Sieht man eine Person nicht außerhalb, sondern innerhalb ihres Kontextes, kann [...] ganz unverständlich scheinendes Verhalten ganz normalen menschlichen Sinn haben, was man bisher bestenfalls mit intrapsychischer Regression oder Organzerfall erklären wollte. [...]*
> *Die Psychiater haben der* Erfahrung *des Patienten herzlich wenig Aufmerksamkeit geschenkt. Selbst in der Psychoanalyse gibt es eine beharrliche Tendenz, die Erfahrungen Schizophrener für unwirklich und ungültig zu halten. Man kann ihnen Sinn verleihen erst durch Interpretation; ohne wahrheitsgebende Interpretation ist der Patient gefangen in einer Welt des Wahns und der Selbsttäuschung."*
>
> Ronald D. Laing: Phänomenologie der Erfahrung

„Wissen Sie...", setzte ich an, „das, was ich fühle und erfahre, können Sie eh nicht richtig nachvollziehen. Zumindest nicht jetzt, in den wenigen Minuten, die ich hätte, um ihnen das zu erklären. Sie sind gefangen in ihrer Welt aus sozialen Konstrukten; schön (re)produziert und untermauert von unserem eigenen, angeblich ach so tollen Verstand. Von unserem Verstand sortiert; tagtäglich davor fliehend, das eigentlich Absurde, das uns umgibt, festzustellen. Davor fliehend, den Spalt, der sich öffnet, wenn wir mit unserer zugegebenermaßen eingeschränkten Vernunft versuchen, diese Unvernunft, die in der Welt herrscht, zu begreifen. Wenn wir fragend in die Welt hinausrufen, doch diese nicht antwortet. *Das* ist das Absurde, wie Camus im *Mythos des Sisyphos* sagt. Der Wahn, die Gratwanderung, auf der ich mich tagtäglich bewege. Das, so müssen Sie wissen, ist der Balkonsims, auf dem ich mich befinde. Nein, viel eher noch: der Dachfirst. Auf der einen Seite fällt man weich (zumindest einigermaßen); nur ein, zwei Meter zurück auf den Boden der sogenannten Tatsachen, zurück in die von allen so zahlreich beschworene und sogenannte Realität. Doch, auf der anderen, ja, auf der anderen Seite, da tut es weh. Da ist der menschliche Abgrund, der sich vor mir auftut. Die Abgründe meiner Seele, nein, meines Geistes, wenn Sie so wollen. Die Grenzen meines Geistes, die man nur so selten erreicht, und noch seltener zu überwinden versucht. Wenn wir diese Grenzen beschreiten, wenn wir uns trauen, diesen schmalen Dachfirst entlangzuklettern, dann, ja dann kommen wir an einen Punkt, an dem wir Grenzerfahrungen machen können. Nicht externe, das heißt äußerliche oder physische Grenzen meine ich, nein, sondern was ich meine, sind meine inneren, geistigen Grenzen. Die Grenzen meines Geistes; die Schranken zu dem Gebiet, das meine Vernunft nicht mehr durchdringen kann. Die Grenzen zum Absurden. Und ganz genau diese Grenzwanderung, ja, ich möchte es Grenzerfahrung nennen, ist, was mich interessiert. Ich will nicht Tag für Tag das Gleiche erleben, das Gleiche tun, machen, und fühlen. Das gleiche Umfeld sehen, die immer gleichen Menschen, mit ihren gleichen, ach so langweiligen Ideen und Aussagen. Die Häuser, Tische und Stühle, die wir uns geschaffen haben, Parks und Bushaltestellen, die wir uns konstruiert haben. So viele Überzeugungen, die uns mitgegeben werden, die uns bereits so viel zu früh durch die Sozialisation aufgezwungen werden. Parks zum Beispiel sind eigentlich ganz merkwürdige (nahezu absurde) Orte, an denen Menschen zusammentreffen, auf vorgefertigten Wegen und Plätzen, die unsere Freiheit doch eigentlich einschränken, statt sie zu erweitern. Denken Sie

mal: Wir könnten überall entlang spazieren! Überall stehen, gehen, sitzen, hüpfen, springen, hampeln – alles, was
Sie wollen! – alleine, und im Austausch mit anderen. Ent-
deckungen teilen, gemeinsam denken, wahrhaft kommu-
nizieren. Und immer, immer wieder neue Erfahrungen
machen. Stattdessen sitzen oder stehen wir da, einge-
pfercht in bestimmte, abgegrenzte Areale; ohne Blick für
alles Drumherum und für alles Weitere, das noch möglich
ist. Ich will mich entwickeln. Ich will neue Erfahrungen.
Ich will möglichst viele verschiedene Erfahrungen. Das
ist meine Interpretation von Camus' Ethik der Quantität.

Wissen Sie: Die meisten Menschen bewegen sich auf
den immer gleichen Bahnen, denken und fühlen immer
das Gleiche – was bei einem immer gleichen Umfeld auch
kein Wunder ist, wie ich schon sagte – aber was einfach
unheimlich langweilig ist, finde ich. Es ist langweilig und
bedeutet zudem Stillstand. Es verbaut uns die Möglichkeit, unser Potenzial als Individuum, ja, unsere Möglichkeiten als gesamte Menschheit, auszuschöpfen und uns
somit wahrlich fortzuentwickeln. Nicht einfach technolo-
gisch oder wirtschaftlich oder medizinisch – nein, ich
meine, eine Entwicklung hinaus in die Höhe, eine Entwicklung als Spezies, die die Fähigkeit zu Vernunft und
Empathie besitzt und, aufgrund dessen, meiner Überzeugung nach auch verantwortlich ist, diese Fähigkeiten zu
nutzen.

Ich will nicht eigentlich geistig schon längst tot sein,
während mein Körper noch lebendig ist. Viel zu lange haben wir versucht, die Medizin möglichst weit fortzuentwickeln, so dass wir alle auch dann noch leben, wenn wir
eigentlich schon längst tot wären, das stellt schon
Foucault in der *Verteidigung der Gesellschaft* fest. Wenn –
und ich sage: *wenn* wir diesen Schritt schon gegangen

sind, und wenn wir dafür gesorgt haben, dass wir alle genügend zu Fressen und ein Dach über dem Kopf haben (was, glücklicherweise, zumindest bei einem Großteil der Menschen in der sogenannten westlichen Welt der Fall ist), ja dann ist es unsere Aufgabe, diese Privilegien zu nutzen und uns in der Zeit, die wir uns geschaffen haben und irgendwo auch in der Sicherheit, die es dadurch gibt, mit den Dingen zu beschäftigen, die uns als Menschheit wahrlich frei machen.

Wir alle – und dazu gehören Sie genau so wie ich – haben eine emotionale Spannbreite von Freude bis Neutralität, von Neutralität bis Trauer, und von Trauer bis Schmerz. Die meisten Menschen schwanken in ihrem Leben (das heißt im sogenannten Alltag) entweder zwischen Neutralität und Freude, zwischen Neutralität und Trauer, oder zwischen Neutralität und Schmerz. Aber all diese Facetten, all die Abstufungen und emotionalen Verfassungen zwischen Trauer und Schmerz sind es, die mich wirklich interessieren. Das sind wahre Gefühle; Gefühle, die meinen wirklichen Kern berühren. Die mein Innerstes ansprechen und mich mich selbst erfahren lassen. Wissen Sie… –

Man kann sich das Ganze wie eine Art *expanding circle* vorstellen, einem Kreis, der sich nach und nach ausdehnt. Bildlich wie die Kreise, die ein Stein, den man ins Wasser wirft, um sich bzw. um seine Einwurfstelle – also den Ort des Aufpralls – zieht. Vielmehr also nicht ein Kreis, sondern mehrere. Oder, wenn Sie es dreidimensional haben wollen: Eine Wendeltreppe, die sich spitz zulaufend in die Höhe windet. Ich nehme jetzt mal zur Veranschaulichung das Kreis-Modell. Das ist an dieser Stelle eingehender. Also: Ich bin in der Mitte des Kreises; bildlich bin ich also ein Punkt, der mich – und damit auch meinen Geist!

– darstellt. Die Dinge, die ich am häufigsten tue oder mit denen ich mich am häufigsten beschäftige – also vor allem Taten, Handlungen, Gefühle und Gedanken –, sind dieselben, die – in unserem Schaubild – mir auch räumlich am nächsten liegen. Sie befinden sich damit in dem ersten, den Punkt (das heißt mich) direkt umgebenen Kreis. Dahinter fügt sich ein zweiter Kreis, sozusagen ein zweiter Grund, der diejenigen Dinge enthält, die ich zwar weniger oft als solche im ersten, aber immer noch häufig genug denke, mache, tue und fühle. Dann folgen ein weiterer, dritter Kreis mit mir noch etwas fremderen Dingen und dann ein vierter, fünfter, ein weiterer und ein weiterer. Dann noch einer und noch einer. Das geht dann immer so weiter, bis wir dann irgendwann am Ende sind, ganz außen, quasi schon außerhalb des Kreissystems. Hier liegen die Handlungen, mentalen und emotionalen Zustände, denen ich zuvor noch nie in meinem Leben begegnet bin. Oder, maximal, ganz ganz früher mal, aber die ich mittlerweile längst vergessen habe und die deshalb für mich wie neu erscheinen. Hier ist das Reich der Erfahrungen. Und hier ist auch der Punkt, wo es spannend wird. Hier beginnt das – wie ich finde – wirkliche, interessante Leben.

Natürlich können die einzelnen Kreise in der Größe und Nähe zu mir variieren; einzelne Taten beziehungsweise Handlungen (aber auch der Rest) können von einem Kreis in einen anderen übergehen und somit die Position wechseln. Das Ganze ist eh nur ein Modell; und die Komplexität der von der Mehrheitsgesellschaft geteilten Wirklichkeit kann damit nur unzulänglich, also maximal in Ansätzen, dargestellt und kaum in seiner Gänze wiedergegeben werden. Aber entscheidend ist doch, dass es sozusagen verschiedene *pattern* gibt; Bereiche, die – je nachdem, wie häufig wir sie nutzen – in jeweils verschiedenen Farben und jeweils entsprechend stark – nach Nutzungsintensität – aufleuchten. Und da gibt es auch Brücken, die diese einzelnen *pattern* verbinden. Wie kleine (oder eben auch größere) Inseln in einem großen Meer aus Wasser; wie eine Freundin von mir mal einen naturnäheren Vergleich gemacht hat. Diese Brücken sind unterschiedlich dick, dünn, groß oder klein, lang oder kurz, und eventuell auch aus anderen Materialien gebaut; je nachdem, wie häufig wir sie nutzen. Je nachdem, wie häufig wir die einzelnen Inseln aufsuchen. Ah, und der Weg zwischen zwei Inseln kann gleich lang sein, auch, wenn sie laut Luftlinie in unterschiedlichen Entfernungen zueinander liegen – dann ist die jeweilige Brücke halt besser ausgebaut. Aber – und dies ist vielleicht das Wichtigste – wir sind eben in der Lage (und damit vielleicht auch in der Verantwortung!?), diese einzelnen Brücken zu stabilisieren und auszubauen; und zwar, indem wir uns selbst immer wieder in neue Gebiete und Erfahrungsbereiche begeben. Das, ja das, Herr Doktor, das bedeutet Leben. Erfahrungen und Begegnung. Neues erleben und damit Neues schaffen. Neues für mich und Neues für meinen Geist. Wir brauchen immer wieder neue Denkanstöße und mentalen Input und können dieses Neue dann nutzen, um – es verarbeitend und auf die Wirklichkeit anwendend – auch Neues für die Gesellschaft zu schaffen; Neues für uns als gesamte Menschheit. Neues für die Welt. Ich will Gutes tun, Herr Doktor. Gutes. Möglichst viel. Aber, ich will auch möglichst viel Neues entdecken. Neues erfahren, immer wieder, und mich immer wieder neuen Situationen stellen und neue Herausforderungen suchen. Neue Herausforderungen suchen, um daran selber zu wachsen. Denn nur so ist es mir auch möglich, neue Wege zu beschreiten, neue Pfade entlangzugehen, und die Kraft zu schöpfen, die ich brauche, um andern Menschen und anderen fühlenden Wesen *Gutes* zu tun. Vielleicht bin ich auch egoistisch und will das vielmehr für mich, weil ich gerne gut bin. Jedenfalls: Nur so fühle ich mich lebendig. Nur so bin ich wirklich und wortwörtlich am Leben."

Ich verstummte. Der Arzt sah mich mit einem für mich erst mal nicht zu deutenden Blick an.

„Okay. Okay, Frau Lichtenberg…", sagte er. „Danke für ihren Bericht." Dann nahm er die Klinke in die Hand, betrat die Tür und dann den ganzen Flur.

morgenstund´

aus tiefen krügen tranken wir
bitter schwarze nacht
zogen stengel glimmer gleich rauch
schwaden in der nacht

saßen fenster weit
geöffnet ganz allein umher
wussten, all das
ist vergänglich tief

nur ist das meer.
Veronn´ne zeit im sandes lauf
der körner ferner flug
drum gib, was einst gewesen ist
drum nimm dir den betrug

drum gib, sand gibt es zu hauf
drum nimm, und sauf und sauf.

ICH RISS DIE KÜHLSCHRANKTÜR AUF. War aufgewacht. Aufgewacht und hatte einen unheimlichen Appetit auf Wurst. Heißhunger. Heißhunger, der mich in den Speisesaal führte. Da stand der Kühlschrank. Stand da – ganz unschuldig und weiß, doch vollgefüllt mit all dem geilen Scheiß, nach dem es mich jetzt gierte. Nach dem ich gierte.

Mein Blick fiel auf den Teller mit heller Wurst, der dort ganz obenauf stand. Ein ganzer herrlicher, großer weißer Teller, belegt mit Wurstscheiben, die schön im Kreise und sich jeweils gegenseitig überlappend angeordnet waren. Im Kühlschrank standen immer unsere Vorräte; das, was wir aus der Kantine geliefert bekamen, aber nicht bei den entsprechenden Mahlzeiten aufaßen. Da waren dann etliche Joghurts in verschiedenen Geschmacksrichtungen darunter (alles Frucht), Schüsseln mit einzeln portioniertem Quark, *nusspli*, Aufstrich. Eine ganze Schachtel Honig; manchmal auch der ein oder andere Apfel. Und eben diese Wurstplatte. Eigentlich aß ich ja kein Fleisch. Fand es sowohl aus tier- als auch aus klimaethischer Sicht unverantwortlich und damit falsch, Fleisch zu essen. Aber jetzt! Jetzt, in diesem Moment, wollte ich genau das.

Wollte diese Ganze. Gesamte. Wurstplatte. Verschlingen!!

Nach und nach stopfte ich die einzelnen Scheiben in mich hinein. Die erste genoss ich noch, nahm sie zwischen die Finger, rollte sie feinsäuberlich und steckte sie mir in den Mund. Die zweite aß ich auch noch recht gesittet. Dann die dritte. Die vierte stopfe ich mir schon ins Maul, schlang und schlang, und aß, heimlich, nachts, begierig diese ganze herrliche Platte voller Wurst. Aß und schlang. Es war herrlich, diese Zügellosigkeit. Die Vegetarierin in der Nacht.

Die Teller waren alle einzeln mit Frischhaltefolie abgedeckt, auf welche auch ein Aufkleber mit dem entsprechenden Datum, an welchem Tag uns der jeweilige Aufschnitt geliefert worden war, klebte. Das Datum der Platte, die ich vernichtet hatte, war von vor drei Tagen. Ich hatte gedacht, dass es am besten wäre, zunächst erst mal die ältesten Vorräte zu verbrauchen.

FLEISCHESLUST, auch am nächsten Tag, beim Mittagessen. Hier, auf der so genannten geschützten Station, war ja das Schöne, dass wir immer eine Art Buffet hatten. Auch wenn wir hier im Vorhinein (es sollten mindestens zwei Tage im Voraus sein) in einer Liste ankreuzen sollten, was wir denn essen wollten - ich trug mich nahezu immer für „vegetarisch" ein. Dennoch wurden alle Speisen dann, vermutlich entsprechend der jeweils angeforderten Mengen, in großen Behältnissen angeliefert, aus denen wir uns dann selbst bedienten. Sie waren also nicht, wie später auf der „offenen" Station, genau auf eine einzelne Person abgestimmt und mit Namen etikettiert, sondern alle konnten sich immer das aussuchen, worauf sie gerade Lust hatten und sich das Entsprechende auf einen der Teller füllen; zumindest tat ich das.

Meistens konnte ich so eine ordentliche Portion Gemüse essen und nicht nur dieses bisschen, was uns jeweils zugeordnet wurde. Viele andere aßen zumeist kaum bis gar kein Gemüse und die Freiheit, zumindest innerhalb dieser vom Speiseplan vorgegeben Grenzen wählen zu dürfen, wie viel ich wovon essen wollte, bedeutete mir viel.

Heute also hatte ich Appetit auf Fleisch. Ich dachte, wenn ich solch einen Appetit darauf habe, dann wird mein Körper das wohl auch benötigen; vielleicht hatte ich einen Vitamin B12-Mangel oder so. Und das Fleisch hier im IPZ wurde sonst kaum aufgegessen, da war das schon mal okay, sich ein Stück davon zu nehmen. Es gab helles Fleisch in Tomatensoße, vermutlich Hühnchen, qualitativ vergleichsweise hochwertig aussehende Schweine- oder Rindermedaillons, und gebackenen Fisch. Ich entschied mich für die Medaillons – wenn schon Fleisch, dann wenigstens hochwertiges; das Zeug war ja durch all die in der Massentierhandlung eingesetzten Antibiotika schon ungesund genug! Also füllte ich mir Erbsen, buntes TK-Gemüse (ich glaube es waren vor allem rote Paprika, Möhren und Blumenkohl), Salzkartoffeln und tatsächlich auch solch ein Schweine- oder Rindermedaillon auf den Teller. Sah nicht schlecht aus, das Ganze!

Plötzlich packte mich jemand von hinten an der Schulter: „Das darfst du nicht essen! Du hast dir doch bestimmt wieder das Vegetarische bestellt!"

„Ich...", stotterte ich, und drehte mich um. Es war Reinhold, der mich da zurechtwies. Tränen schossen mir in die Augen. Von ihm hätte ich das wirklich am wenigstens erwartet; er war doch hier zu dem Zeitpunkt eigentlich mein bester Freund.

„Soll ich mal die Liste holen und nachschauen, was du angekreuzt hast? Du darfst dir nicht einfach ein Stück Fleisch nehmen, die sind abgezählt! Irgendwer bekommt keins, wenn du dir das einfach so nimmst, das ist nicht für dich!" Ich schluchzte.

„Aber... Da ist doch so viel...", sagte ich. „Aber das war das Letzte! Ich wollte das haben! Und ich hab das auch bestellt! Du nicht! Das musst du dir vorher überlegen."

„Woher soll ich denn wissen, was ich in zwei Tagen essen möchte...!", versuchte ich, und hasste mal wieder diese Struktur und Planung. Die anderen schauten uns bestürzt oder bedrückt an.

„Ist doch nicht so schlimm, wenn sie auch mal ein Stück Fleisch isst...", sagte da jemand.

„Manchmal esse ich auch was von den anderen Beilagen."

„Vielleicht war das nicht richtig, aber du musst sie ja nicht direkt so anfahren." Einige hatten einen Kreis gebildet und umringten uns, andere scharten sich um den Essenstisch.

Ich schob derweil das Stück Fleisch Reinhold auf den Teller. Der sah mich angewidert an. „Hier... Entschuldigung...", sagte ich.

„Guck mal, du kannst meines haben, ich wollte das heute eh nicht und hab es nur genommen, damit es nicht weggeschmissen wird", sagte Kurt da und legte mit seinen von Gicht geschwollenen Fingern sein Stück auf meinen Teller; an dem Platz, wo sich gerade noch das andere Fleischstück befunden hatte. „Danke...", murmelte ich, und dieses Stück Menschlichkeit war es, das mir eine stumme Träne über die Wange rinnen ließ.

„Eeh – Jetzt will ich das auch nicht mehr haben", sagte Reinhold und legte das Stück zurück. „Nimm du es, Kurt." Ich setzte mich auf einen der Stühle in der Stuhlreihe an der Wand. Die andern saßen alle am Tisch und mir war der Appetit gänzlich vergangen. Der Hunger leider nicht. Trotzdem: Als ich jetzt auf diesem Stück Medaillon herumkaute, kam ich mir wie eine doppelte Verbrecherin vor. Reinhold kam zu mir und entschuldigte sich.

„Tut mir leid, Rike", sagte er. „So war das nicht gemeint."

„Alles okay", sagte ich. Ich wurde die Erinnerung an diesen angewiderten Blick nicht los.

++
+++
++++++++++++++++++++++

„Wir haben niemanden, der ihnen die Spritze geben kann, Frau
Lichtenberg."

„Sie müssen noch hierbleiben. Noch zwei, drei Wochen hierbleiben."

„Ziehen Sie schon mal die Hose aus."

„Ganz langsam, Frau Lichtenberg, ganz langsam."

„Sie müssen in den Becher pinkeln."

„Noch zwei, drei Wochen hierbleiben."

++
+++
++++++++++++++++++++

Leere

Im

KOPF

++
++++++++++

Ich will hier weg.

Nur weg.

Flucht über Gitterstäbe.

WOHIN?

„Du kannst dich nicht mehr so an Gesprächen beteiligen, Rike. Das war früher nicht so."

„Nein, das war früher nicht so…"

„Früher, da warst du doch so ein aufgewecktes, fröhliches Kind. Weißt du noch, Rike?"

„Ja, das weiß ich noch…"

„Du hattest nie Probleme, auf andere Kinder zuzugehen." Lang ist's her.

„Das fing alles damals mit deinem Zahn an. Weißt du noch. Da hattest du auch schon so komische Anwandlungen." *Da ging es mir auch nicht gut.* „Da wolltest du gar nicht zum Arzt gehen und so. Und vorher, da hast du dich tagelang in deinem Zimmer zurückgezogen und bist nur zu den Mahlzeiten rausgekommen. Weißt du noch?"

Da habe ich mich gerade von Noah getrennt. Klar, dass es mir da nicht so gut ging.

„Da ging es mir nicht gut."

„Ja. Aber da hattest du auch schon so komische Anwandlungen. Hast dieses Foto gemacht, da auf dem Klo von diesem Einkaufsladen. Das mit dem Mittelfinger und der Zunge raus."

Das war auf dem Bad von *famila.* Da hatte ich gerade wieder frische Kraft geschöpft. *Scheiß drauf! Life goes on. Die Kacke hinter sich lassen und weitermachen.*

„Das kann man doch gar nicht vergleichen…"

„Und dann der Zahn."

Ich war nachts, im Dunklen und bei Nässe betrunken gegen ein Straßenschild gefahren. War mir in dem Moment egal.

„Dass du da nicht direkt ins Krankenhaus gefahren bist!"

Der Schneidezahn war raus. War blutig.

„Weißt du noch, du wolltest gar nicht ins Krankenhaus, obwohl dieser Mann, der dich gefunden hat, dir das sogar angeboten hat und sogar ein Taxi, das dich nach Hause fährt."
So dramatisch war das jetzt auch nicht. Ich lag da halt gerade auf dem Boden und er kam zufällig vorbei, aus der Altstadt nach'm Saufen.
    Ich wollte kein Taxi. Wollte nicht so viel Aufhebens um mich und meine Probleme machen.
    Ich will kein Taxi! Ich will kein Taxi! hatte ich ihn angefleht. Das stimmte.

„Du bist dann einfach zum Zahnarzt, am nächsten Tag."
    „Ja..."

Ich habe in der Nacht die Nummer rausgesucht, weil ich wusste, dass der Zahn das größte Problem war, bei dem man mir helfen konnte. Es war natürlich Wochenende gewesen. Mein Vater hatte mich dann dahingefahren.

„Das war ja auch das akuteste Problem", sagte ich.
    Lachte verächtlich-bitter.
    Sie überhörte das.

„Aber, die haben dann ja auch sofort gesagt, dass du erst mal ins Krankenhaus musst. Mensch, Kind! Da hätte sonst was passieren können!"

„Ein schweres Schädel-Hirn-Trauma! Eine innere Blutung! Blutgerinnsel im Hirn! ...!" *Ein gebrochenes Herz.*

„Das weiß ich doch alles. Ich war ja schließlich selbst dabei, meine Fresse."

Ich war zwei Tage im Krankenhaus geblieben. Da konnte ich abschalten, ein bisschen Abstand gewinnen. Es war schön gewesen, mal ein bisschen Zeit für mich zu haben.

Zeit. *Zeit, in der ich denken konnte.*

Realitäten verschwimmen. Realitäten werden geschaffen.

$$*$$
$$* \quad *$$

„*Unserer Meinung nach stellen dabei ohne Ausnahme Erfahrung und Verhalten, wenn sie als schizophren gelten, eine spezielle Strategie dar, die jemand erfindet, um eine unerträgliche Situation ertragen zu können. [...] Das soziale System muss Untersuchungsobjekt sein, nicht das Individuum, das man daraus extrapoliert.*"

Laing, Phänomenologie der Erfahrung

$$*$$
$$* \quad *$$

Realitäten verschwimmen. Realitäten werden geschaffen.

CLASH! BUMM! ZACK! DER GANZ GROßE KNALL.

„Frau Lichtenberg! Frau Lichtenberg!"

Mein Gehör war kein Teil mehr dieser Welt.

„Ich will hier raus! Ich will weg!"

Ich warf mich gegen die Wände, gegen Stühle, Tische und Bänke, schmiss Blumen vom Tisch und Vasen von der Fensterbank.

„Ausgang!"

„Wo ist der Ausgang?"

„Möchten Sie hier raus, oder möchten Sie in den Garten, Frau Lichtenberg?"

Besinnung.

Dieser weise Mann hatte immer so einen beruhigenden Einfluss auf mich.

Er zeigte mir seine Wirklichkeit.

„In den Garten."

Der Boden der Tatsachen.

Hauptsächlich wollte ich hier raus. Raus, an die frische Luft.

In Räumen ohne Frischluftzufuhr, wenn ich längere Zeit in ihnen verbrachte, fühlte ich mich immer so eingesperrt. So ganz und gar gefangen; abgeschnitten vom Draußen und von der Welt.

Wie halten es manche Menschen aus, tagein, tagaus, immer in ihrem Büro zu sitzen? Oder in ihren Zimmern. Oder in sonst irgendwelchen Kemenaten hockend bis ans Ende der Welt. Ich wurde verrückt, wenn ich nicht genügend frische Luft bekam.

Verrückt. Haha.

Im Garten. Endlich. Die Anspannung fiel ab.

Hier draußen, unter dem grünen Blätterdach des Apfelbaumes, war die wahre Nervenheilanstalt.

Hier war die Wirklichkeit.

─────────────────────────────

───────────────

♫ Liebe – Moop Mama

https://www.youtube.com/watch?v=N6xd8542AVg

─────────────────────────────

─────────────────────────────

„NA, WAS WILL ICH WOHL?", fragte ich am nächsten Morgen gut gelaunt Basti, der in der Tür des Pflegekämmerleins stand.

„Ja, Frau Lichtenberg, das kann ich mir ja kaum vorstellen...", sagte Basti und schmunzelte. Ich freute mich über das Lachen auf seinem Gesicht und darüber, dass er sofort mitspielte.

„Vielleicht... Diesen schönen Kugelschreiber hier?", fragte er, und wir brachen beide in ein Lachen aus.

„Nein", sagte er dann aber schnell, sich seines Berufs erinnernd. „Hier haben Sie, was Sie wollen."

Er gab mir den kleinen Plastikbecher mit der grünlich-klaren Flüssigkeit darin sowie die weiße Schmelztablette. *Zybrexa*. Ich kippte das gute Gesöff in einem runter und besann mich auch meiner heutigen Rolle als durchgeknallte Patientin.

„Herrlich!", seufzte ich. „Da habe ich mich schon die ganze Nacht drauf gefreut."

Basti lächelte, während ich die Tablette auf meiner Zunge schmelzen ließ. Dann fragte ich ihn, ob ich heute, zur Ehre dieses Sonntags, Ausgang haben könnte. Ich wollte das erste Mal, seit ich hier angekommen war, mal wieder meine WG besuchen. Wie erwartet sagte Basti, das sei voll in Ordnung, und nach dem obligatorischen Frühstück machte ich mich auf den Weg.

ICH GING ALSO NACH HAUSE. Es war lange her, dass ich das letzte Mal dort gewesen war, und deshalb freute ich mich umso mehr, mein Zimmer mal wieder zu sehen. Privatssphäre zu haben, einen eigenen Raum – mein Reich, in das ich mich zurückziehen und machen konnte, was ich wollte. Der Weg, um mich mal dieser Floskel zu bedienen, war lang und beschwerlich. Und, da ich mir ja den Fuß verknackst hatte oder so, konnte ich nur humpeln beziehungsweise sehr, sehr langsam und vorsichtig auftreten. Es fast anderthalb Stunden in Anspruch, bis ich zu Hause war. Das war knapp, denn es gab nur drei Stunden Ausgang am Tag, dann musste ich wieder auf der Station sein.

Ich kam tatsächlich auch deutlich weniger schnell voran als gedacht. Auf der Station war aufgrund der geringen Distanzen nicht zu merken gewesen, wie sehr noch immer mein Fuß geschädigt war.

Jetzt aber, da ich mal etwas weiter lief, wurden die Schmerzen von Schritt zu Schritt größer. *One foot in front of the other foot,* jaja. Ich war nicht die erste Klappsen-Patientin. Irgendwann, etwa nach der Hälfte der Strecke, konnte ich dann nicht mehr. Ich merkte, dass es in meinen Ohren zu rauschen begann, und mein Sichtfeld immer kleiner zu werden drohte. Weiße Ränder waberten um alles und das Bild verengte sich. Bevor ich umkippte, legte sie sich lieber selbst danieder. Neben dem Bürgersteig, meinem vorgezeichneten Weg, befand sich gerade der Vorgarten eines Hauses, der mit Rasen bepflanzt war. Ich legte mich auf diese grüne Ebene und schloss die Augen. Ich wollte warten, bis der Schmerz verging.

„Benötigen Sie einen Krankenwagen?" fragte da jemand, der gerade vorbeiradeln wollte. Das war keine schlechte Idee, dachte ich. Ich wusste nicht, wie lange das hier sonst noch dauern würde, und ich sollte wohl eh mal Fachpersonal nach dem Fuß schauen lassen. Ich stimmte zu, der Mensch zückte sein Telefon, und ein paar Minuten später war ein Krankenwagen da. Zwei Männer begleiteten mich in den Innenraum des Gefährts; der Langhaarige und der Andere, der Kurzhaarige. Der Kurzhaarige legte dann auch direkt vor Ort los und bequetschte meinen Fuß.

„So" sagte er. „Da kann wirklich was gebrochen sein."

„Das weiß ich auch", zahnknirschte ich und ballte die Fäuste zusammen. Das tat weh, du Sack! „Okay, wir fahren jetzt erst mal ins Krankenhaus, ich kann da jetzt gar nicht so viel machen. Aber den Verband mache ich noch ab."

Er nahm eine Schere und zerschnitt die Mullbinde, die ich mir vor vor ein paar Tagen um diesen gewickelt hatte. Wiederverwendbar war die jetzt nicht mehr.

„Sie können mir schon mal Namen und Adresse sowie Zeit und Umstand des Unfalls sagen, dann geht das gleich schneller." sagte der Langhaarige.

„Gut... Rike Lichtenberg, wohnhaft Jonas-Straße." sagte ich.

„Und die Tatumstände?" frage der Langhaarige, und ich stolperte nur kurz über diesen Begriff, der mich eher an einen Kriminalroman als an eine einfache Verletzung erinnerte.

„Ähm... Ja. Also das Ganze war am 30. August ..."

„Also vor zwei Wochen", unterbrach der Mann mich, und ich fand es unangenehm, dass er mir dauernd ins Wort fiel.

„Ja, vor vierzehn Tagen also" sagte ich und hoffte, dass er vielleicht nicht weiter nach den näheren Umständen forschte.

Aber der Langhaarige sah mich aufmerksam an. „Und...?"

„Ja, und. Und. Und, also, ich hab' gegen meinen Kühlschrank getreten. Einfach so. Bin morgens aufgewacht, hab die Sachen aus den Regalen im Wohnzimmer gerissen, ein Fenster aus dem Glas – äh, nein, ein Glas aus dem Fenster – geschmissen und bin dann eben in die Küche gerannt und hab gegen unseren Kühlschrank getreten", erzählte ich, genervt und gelangweilt.

„Hier, mit dem rechten Fuß." Ich hielt das gute Stück in die Höhe und deutete auf das benannte Subjekt. Er glotzte es ungläubig an.

„Ähm... Okay", sagte er, und jetzt war der Langhaarige an der Reihe, zu stocken und sich zu räuspern. Ich übernahm es für ihn, sich zu äußern.

„Und... – Wieso?, fragen Sie sich jetzt", kam ich ihm zur Hilfe.

„Ja... Wieso?", echote er.

„Ich bin gerade im IPZ, müssen Sie wissen. Ausbruch einer Psychose."

„Ach, ah, so ist das", stellte er fest und verbarg diesen Anflug von fehlender Professionalität und übereilter Vorverurteilung schnell wieder.

„Na dann... Okay, habe ich vermerkt", sagte er schnell und kritzelte etwas auf sein Klemmbrett; vermutlich ein Auskunftsformular über mich. Dann fuhr der Krankenwagen vor dem Uniklinikum vor. Ich war hier noch nie gewesen, denn meistens war ich gesund; es befand sich recht nah an meiner Wohnung. Von hier bräuchte ich maximal zehn Minuten bis nach Hause – zu Fuß, versteht sich, und auch in meinem aktuellen Zustand.

„Herausspaziert!", sagte der Andere, der Kurzhaarige, und öffnete schwungvoll die Tür.

„Kommen Sie, Frau Lichtenberg", sagte dann auch der langhaarige Mann, und die beiden begleiteten mich zum Eingang, stützten und eskortierten mich. Die Atmosphäre hier war ganz, wie man es von Krankenhäusern kennt. Und auch, wenn ich jetzt schon – wie ich eben bestätigt bekommen hatte – zwei Wochen im IPZ gewesen war, überschlug mich dieser sonderbare Eindruck und mir rumpelte das Geruchsgemisch von Sterilität, Hygiene und Krankenhaus-Kantine entgegen (später erfuhr ich, dass es hier das gleiche Essen wie im IPZ gab, und das sogar, nachdem die Menschen ihre Metallwägen bei „uns" hinaus- und die alten, von der vorherigen Mahlzeit nun entleerten Metallwägen wieder hinein in ihre Laster geschoben hatten, das Essen von denselben Menschen hierher gebracht wurde; das war ganz amüsant).

Den beißenden Desinfektionsmittelgeruch in der Nase betrat ich also das Krankenhaus und ging zur Rezeption. Hier saß eine dicke –kräftige, schöne, liebe – Frau auf einem kleinen Hocker hinter dem Tresen wie hinter einer Theke. Sie handelte mich als eine weitere Patientin in der unendlichen Abfolge ab, was aufgrund der damit einhergehenden Anonymität eigentlich ganz angenehm war.

„Name?"

„Lichtenberg. Rike Lichtenberg."

Immer wieder war ich froh, dass mein Hirn zumindest solche wichtigen Dinge nicht vergaß, und ich hatte ja auch dauernd die Chance, das unter Beweis zu stellen. Meinen Namen konnte ich.

„Geburtsdatum?", fragte die Frau weiter. Auch das. „Adresse?" Ja, ging auch noch.

„Äh, das steht alles hier auf dem Zettel drauf. Auch der Zeitpunkt des Unfalls und die Umstände und so", grätschte der Langhaarige dazwischen und gab der Thekenfrau das Formular.

„Ah!", stellte sie überrascht fest. „Schön. Schön. Schön, so haben wir das gern!", bekräftigte sie ihre fadenscheinige Begeisterung, nahm den Wisch entgegen, und hackte dann die ganzen Daten in ihren Computer.

„Schön", sagte auch ich, weil ich gerne bald wieder sitzen wollte. Wahnsinn, all diese Verwendungsmöglichkeiten eins einzelnen Wortes!

„Sie können dann im Wartezimmer Platz nehmen!",
sage die Frau, und ich wiederholte unser gemeinsames,
neues Lieblingswort noch einmal: „Schön."

Also saß ich jetzt da, im Wartezimmer. Ich hatte nichts
dabei, womit ich mich beschäftigen und die Wartezeit
überbrücken konnte. Nach einem kurzen Griff zu einem
der Klatschmagazine, die wohl immer an solchen Orten
herumliegen mussten, und der Feststellung, dass deren
Inhalt wirklich nur ausgesprochener Müll war, begann
ich also die mir umsitzenden Patient*innen zu beobachten.

Kurze Haare. Bürstenschnitt. Der Schritt beim Betreten des Wartezimmers stramm-strachsend-starr. Die
eine Hand an den Riemen der Schultertasche gelegt; die
andere in der Hosentasche. Hurtig linsend nach einem
freien Sitzstuhl. Da war einer. Hinten. Links. In der Ecke.
Sie peste drauf zu, ließ Popo auf die gräuliche Freifläche
fallen. „A-r", stöhnte sie aus. Robuste Jeans. Eng anliegendes T-Shirt. Schwarze Sportjacke. Stoffkörper auf Stuhl.

Sie. Birkenstocks. In weiten Hosen. Das Gesicht? – Ein
Grinsepferd. In den Händen ein Buch. Kann den Titel
nicht lesen. Scheint über die Lektüre begeistert zu sein.

Cool-lässiger Breitbeinsitz. Das Handgelenk schlackernd-schlenkernd neben dem Körper. Po zu breit für
Stuhl. Eier offensichtlich auch. Grüner Kapuzenpulli verhüllt Körperstatur. Weiße Kopfhörer decken Ohren ab.
Versteckte Hautrundlinge, werden gequält mit räudiger
Hardrock-Musik. Großer Rucksack offen. Brötchen halb
verloren. Schinken. Schinken drauf. Schinken-Käse-Brot.
Käsebrot, ist ein gutes Brot.

Ihm folgen die kleinen schwarzen Ratten, ihre Knopfaugen stier auf den großen Mammon gerichtet. Schlank,
ledrig, mit Ziegenfell. Nur die Haare fehlen. Die sind auch

auf dem Kopf. Ziegenbart. Bärtchen, schön mit den Fingern zwirbeln. Struppig-strohend, alle Backenseiten bedeckend. Die Glatze: ??:!! – Kahl.

Zu wach. Zu viele Gedanken. Man sollte müde sein (Medikament nicht genommen! Hallo, dämmerndes Bewusstsein.)

„Sie sind dran, Frau Lichtenberg!", sagte man mir. Aufstehen. Laufen, ins Krankenzimmer.

„Da lang. Da müssen Sie hin." Eine Frau lag schon im Nebenbett. Nur einen Krankenlappen auf der Haut; weißblauer Lappenfetzen. Hinten offen, mit blauem Band zum Geschenk geschnürt. Sonst leer. Der Raum, nur die Frau, nur die Pisspfanne und ich. Nur der Raum, die Frau und ich Und – die Pisspfanne. Die Pisspfanne. Die lag neben ihr auf dem nachttischnachgetischlerten (Nacht)Tisch, auf dem auch noch der Nachtisch stand.

Ob das jetzt mal so stimmt, weiß ich nicht, aber: Experimentelle Poesie.

„Ich muss mal." Die Frau. „Ich muss ganz dringend."

„Was müssen Sie?" Ich. Wollte nicht interagieren.

„Pinkeln." Sie.

„Ah." Ich.

Ruhe. Ein paar Minuten. Noch immer niemand da.

„Ich muss wirklich dringend." Sie.

„Pinkeln?", ich.

„Ja."

„Mh… – ", ich, erste Mitleidsfunken in der Brust. „Soll ich jemanden holen?" Mein Fuß tat weh.

„Ja." Pipi stand ihr in den Augen.

„Gut." Ich. Humpelnd. Durch den Gang. Sprechen: „Auf Zimmer vier …"

Jaja. Gleichgleich. Vielbeschäftigt, sehr viel zu tun.

„Aber die Frau…" Selber machen. Alles muss man selber machen.

„Hosen runter!" Ich, zurück im Zimmer. Kalten Pfannengriff in der Hand. Sie, umständliches Rumgezippel am Unterleib. Endlich, untenrum frei. „Hier." Hartes Metall wird zwischen Beine geschoben.

„Jetzt kann es losgehen." Spladdriger Strahl gegen Pfannenwand. Viel kommt da nicht raus. Ammoniak-Geruch. „Gut."

„Jetzt ist's besser."

Darauffolgend, sie nun des Blasendrucks erleichtert und ich in stoisch-resignativer Wartemanier, entbrannte sich dann ein Gespräch darüber, warum sie hier sei und wie sie denn hierhergekommen war. Das wusste sie nämlich selbst nicht.

„M-mh. Gestern Abend bin ich hingefallen. Ich war in der Küche, und dann bin ich plötzlich hingefallen. Hab noch ne Beule. Hier!" Einhornstachel auf Kopp. Ne, so doll war es nicht zu sehen.

„Und dann weiß ich gar nichts mehr. Bin einfach hingefallen. Einfach hingefallen... – Bis ich dann hier wieder aufgewacht bin."

„Und das war gestern Abend?"

„Ja."

„Woher wissen Sie das?" Keine Antwort. „Ich weiß auch nicht...", half ich ihr aus der Patsche. Zum Glück kam dann ein Krankenbruder rein.

„Wo drückt denn der Schuh?", fragte er mich. Ich wies auf meine Barfüße.

„Keine Schuhe an." Er zwinkerte mir zu. Dann: „Ne! Und wirklich jetzt?"

„Oh. Ich hab mir den Fuß verstaucht; vielleicht auch gebrochen, glaub ich aber eigentlich nicht. Hier, der Linke." Ich hielt ihm den rechten Fuß hin.

„Mh-hm", er wissend. „Joa, Röntgen würd ich sagen. Man kann nie wissen... Kommen Sie mal mit!"

Ich, schon wieder humpelnd durch den Gang, rein ins Röntgenzimmer. Richtig mit Liege-Bett; ui ui! Fuß draufgepackt. Rechts, links, oben, unten. Ne, waren nur drei Aufnahmen; unten glaube ich nicht. Drei Momente Allein-Sein; schön. Das war selten in letzter Zeit. Dann waren die Aufnahmen fertig.

„Nichts gebrochen, Frau Lichtenberg. Schonen. Schonen. Schonen. Toitoitoi!"

„Danke", sagte ich, überlegte, ob ich das auch noch zweimal wiederholen sollte. Entschied mich dagegen. Den ganzen Weg wieder zum IPZ humpeln… Der Bus fuhr erst in einer Stunde, so lange wollte ich nicht warten. Also nicht schonen. Immerhin hatte ich jetzt eine offizielle Entschuldigung.

Angekommen…: „Wo waren Sie denn, Frau Lichtenberg? Wir haben uns schon Sorgen gemacht."

„Mh… Ich war im Krankenhaus." Sofort fiel ich wieder in meinen alten, untertänigen Modus zurück. Wie mich das ärgerte!

„Aber… – Wieso denn das?"

„Wegen meinem Fuß." *Wegen meines Fußes* hätte es heißen müssen. „Hier, ich hab auch einen Zettel von denen." Die Frau gegenüber überflog das Papier.

*

*   *

„Na gut. Dann ist ja alles gut. Schön, dass sie wieder da sind."

Später erfuhr ich dann, dass sie sich wohl solche Sorgen gemacht hatten, dass sie sogar meine Eltern angerufen hatten. Und, als das dann auch nicht geklappt hatte (die beiden sind nicht rangegangen, weil sie wohl gerade unterwegs waren; auf einem Fahrradausflug oder so, wie sie mir dann später erzählten), hatten sie sogar die Polizei benachrichtigt und die hatten dann einen Streifenwagen bei dem Haus meiner Eltern vorbeigeschickt. Es hat niemand aufgemacht, aber die Geschehnisse hat dann später die Nachbarin meinen Eltern denen berichtet. Ich erfuhr das Ganze also erst im Nachhinein, aus, wenn ich mich nicht verzählt habe, dritter Hand. Also echt! Wenn ich schon abgehauen wäre, dann ganz sicherlich nicht zu meinen Eltern. Da haben die Cops mal wieder nicht mitgedacht.

Dann war ich wieder im IPZ. Und der Alltag – sofern es hier einen Alltag gab, und ich mich diesen Strukturen fügte – ging weiter. Ich hielt diese Eintönigkeit nicht lange aus.

EIN TRAUM. SCHLAFEN. SCHLAFEN SCHLAFEN SCHLAFEN. SCHLAFEN.
Ich ging durch die Gänge. Ich wusste nicht, wo oben und unten war, geschweige denn rechts oder auch links. Ich wusste nur, dass ich hier war. Hier, eingesperrt in diesem weißen, großen Raum. Mein Blick versagte. Meine Beine fielen hin. Ich knickte ein, prallte auf den Boden, schlug mir den Kopf an. Ich wachte auf.

„Schlafen kannst du, wenn du tot bist", hatte ich mir einst gesagt. Doch ich wollte nicht tot sein. Wollte schlafen, ohne tot zu sein. Schlafen – aber eben auch leben dabei. Vielmehr schlafen, um zu leben! Oder leben, um zu schlafen? Nein. Ich wusste es nicht und schlief (zumindest für diesen Tag) nun endgültig ein.

Käfer krabbelten auf mich zu; ganz viele unterschiedliche Käfer in allen Farben und Größen. Große, kleine, dicke, dünne. braune, schwarze, grüne, blaue. Sie krabbelten und krabbelten, kamen aus allen Richtungen, krochen auf mich zu, bedeckten meinen Körper.

Ich wusste nicht mehr, wo ich war. Wusste nicht mehr, was ich will. Ganz zu schweigen davon, ob es gut war, etwas zu wollen, und warum ich überhaupt etwas wollen sollte. Ich wusste, ich hatte mal alles gewollt. Doch jetzt – jetzt wollte ich gar nichts mehr. Wollte nur noch schlafen. Schlafen schlafen. Schlafen, ein Leben lang.

Eigentlich hätte ich den ganzen Tag nur schlafen können. Schlafen, und die Gedanken an mir vorbeirauschen lassen. Schlafen, und alles vergessen.

Schlaf, Kindlein, schlaf. Im IPZ hatte man viel Zeit zum Schlafen; jeden Tag von neun bis sechs; und das tat ich auch.

„ICH HASSE ES HIER!", schrie ich. Ich war mal wieder aufgewacht. „Ich hasse es! Hasse alles! Hasse es so, das Verderben, die Angst, die Panik, den Schmerz und den Fluch, der auf all dem hier liegt! Ich spüre doch, dass hier kein guter Ort ist! Ein Ort, an dem man Menschen verbrennt. Ein Ort, an dem Wesen, Personen, Menschen, die früher Personen waren, nicht mehr solche sind und sein können. Ein Ort, an dem Menschen entpersonifiziert und damit irgendwie auch entmenschlicht werden. Ihre Persönlichkeit verlieren, ihre sozialen Fähigkeiten, ihr Wesen, ihre Empathie und ihre Vernunft. Um vollkommen zu Kreaturen zu werden; armen, bemitleidenswerten Geschöpfen, die nur noch hier herumkreuchen, schlurfend sich durch die Gänge fortbewegen; die Gänge dieses ewigen, immer gleichen weißen und kahlen Krankenhauses. Ich hasse es, den täglichen Geruch nach wieder aufgewärmtem, geschmacklos-fadem Essen aus der Klappsen-Kantine. Diese großen, metallenen Wagen, die dann irgend so ein Mensch in Weiß hier in die Station hereinschiebt und wie dann alle, gierig wie vor Hunger wahnsinnig gewordene Löwen, über diesen Metallhaufen herfallen. Ja, ich meine, hier gibt es ja auch wirklich nicht viel Abwechslung; das Einzige, was unseren Tag hier bereichert, sind diese drei Mahlzeiten. Essen kann schon schön sein, aber hier, hier, in diesem großen, leeren Saal, geschmückt nur mit blanken, hellbraunen Tischen und diesen blöden hässlichen bunten Plastikstühlen – jeder in einer anderen Farbe; oh ja, hier ist Leben drin. Leben...!" Meine Stimme überschlug sich beinahe und wurde immer schriller „Leben und Fröhlichkeit – pah! Hahaha! Albern ist das. Albern und absurd. So was von absurd. Und wir, wir sitzen dann alle da. Sitzen da, eingequetscht um diesen Essenstisch, die Pobacken kleben fest vor schweißtreibender Hitze auf diesem widerwärtigen Plastik, und schaufeln dann in Windeseile diesen geschmackslosen Tellerinhalt in uns hinein. Nudeln mit Spinat. Aufgewärmte Maultaschen mit Tiefkühlgemüse; aber nur ganz wenig, Möhren und rote Paprika möglichst klein geschnibbelt. Winzige, labbrige Rote-Beete-Stückchen, zu einem immer gleichen Salat verarbeitet. Brokkoli, völlig durchgekocht, Omma-Lutsch-Qualität. Manchmal, manchmal zwei, drei Kartoffeln, das höchste der Gefühle; und für die Tieressenden unter uns freitags – oh! ah! – sogar ein Stück Fisch. Aber alles, alles schön abgewogen. Abgewogen und abgezählt, ganz genau berechnet, damit ja niemand zu viel bekommt. Ja – das Kalorienmindestmaß wird gedeckt. Und, ich schätze sogar, dass man hier alle Nährstoffe bekommt, wenn man denn diese Klappsenkantinen-Produkte in sich hineinschaufelt. Aber Freude – Freude macht das nicht. *Kalorienbedarf decken* ist das hier. Alle schnellstmöglich und für sich allein; nur physisch im selben Raum anwesend.

Manche Menschen schaffen es tatsächlich, in weniger als fünf Minuten eine komplette Mahlzeit aufzuessen! Ein gemeinsames Essen, in einer gemütlichen und entspannten Atmosphäre, ist das nicht. Wäre ja auch zu schön; auch wenn das auf diesen tollen, auf Hochglanzpapier gedruckten Flyern von euch steht: *Soziales Miteinander lernen durch gemeinsame Mahlzeiten.* Pah! Dass ich nicht lache. Ich kotze auf eure 'gemeinsamen Mahlzeiten! Kotze auf das Essen, noch ehe ich es in mir hab. Kotze und kacke euch hier alles voll, eure eigene Scheiße mit Scheiße beschmiert. Das, das werde ich machen. Und das ist auch das Einzige, was man hier noch machen kann!"

„Sie sind erregt, Frau Lichtenberg" erklärte der Pflger die Lage. „Wir haben keinen direkten Einfluss darauf, was die Kantine uns kocht. Aber die Mahlzeiten werden immer frisch zubereitet und schmecken den meisten hier auch."

„Jaja. Ganz große Klappsenkantinenkochkünste sind das."

„Naja. Bald können Sie ja wieder selber kochen. Wir haben am Dienstag einen Termin für Sie im Uniklinikum für ein MRT gemacht, um ausschließen zu können, dass es sich bei ihrer Krankheit um eine Schädigung des Hirns handelt. Wenn dann die entsprechenden Ergebnisse da sind, also vermutlich Ende nächster Woche, können Sie gehen."

Machen Sie eine halbe Stunde Pause und gehen Sie durch den Park. Das tut gut.

++
++++++++++++++++++++++++++++++++++

Therapie und Verlauf:

Es erfolgte die freiwillige Aufnahme in die geschützte Station.

Hier zeigte sich Frau L. deutlich zerfahren bis hin zur Inkohärenz, mit Neologismen ("Haufschrei"), assoziativ gelockert, beschleunigt, danebenredend. Es bestanden ausgeprägte formale und inhaltliche Denkstörungen. Sie gab Äußerungen von sich, die größenwahnhaft anmuteten, auch verstand der Verdacht auf Stimmen Hören. Sie habe die 3 Nächte vor Aufnahme nicht geschlafen, ihr Verhalten imponierte darüber hinaus durch Fehlhandlungen. Sie suche viel körperlichen Kontakt zu männlichen Mitpatienten, der mehrfach unterbunden werden musste. Auch betrat sie fremde Zimmer und nahm anderen Patienten ihr Eigentum weg. Immer wieder äußerte sie kurzzeitig den Entlassungswunsch, beim Hinzuziehen des Dienstarztes wiederholte sie diesen Wunsch aber nicht mehr. Die Patientin wirkte emotional sehr labil. Immer wieder schrie die Patientin auf Station ohne ersichtlichen Grund, war einen Augenblick hinterher aber wieder ruhig. In häufigen anderen Momenten weinte sie ohne klaren Anlass, manchmal lachte sie parathym.

In den Gesprächen ergaben sich neben oben genannter Symptomatik Hinweise auf eine Essstörung unklaren Ausmaßes und unklarer Beschaffenheit. Der Freund berichtete uns, dass sie zuletzt normal gegessen habe, sich lediglich vegetarisch ernährt. Auch entstand durch ihre Äußerungen der vorerst unsichere Eindruck von 2 erfolgten Suizidversuchen und von traumatisierenden Erlebnissen in der Vergangenheit.

THC gab sie bei Aufnahme an, würde sie alle 5-7 Tage konsumieren. Der Freund sagte, zuletzt sei tgl. gemeinsam 1/3 g konsumiert worden.

Bei ausgeprägtem wahnhaftem bis manischem Bild erfolgte die antipsychotische Medikation mit Risperidon, die sedierende und anxiolytische mit Clonazepam. Da die Patientin immer wieder eine supportive Therapie mit Haloperidol benötigte, dosierten wir Olanzapin als Kombinationstherapie mit Risperidon ein. Hierunter konnte eine deutliche Besserung des klinischen Zustandes erreicht werden, sodass wir Clonazepam im Verlauf ausdosieren konnten.

Frau L. klarte im Verlauf auf, ihr Gedankengang ordnete sich. Es zeigte sich ein deutlicher Rückgang der psychotischen Symptomatik, sodass Frau L. sich von der gezeigten Gedankenausbreitung und akustischen Halluzinationen distanzieren konnte.

Es erfolgte eine umfangreiche Labordiagnostik zum Ausschluss hormoneller und entzündungsspezifischer Auslöser für die angegebene Symptomatik. Die Befunde der MRT Untersuchung standen bei Entlassung noch aus. Wir werten die gezeigte Symptomatik am ehesten als multifaktoriell bedingt, u.a. durch den Schlafmangel begünstigt, und durch einen erhöhten Cannabiskonsum induziert.

++

Parathymie: „Störung bei der Äußerung von Gemütserregungen (Affekten). Sie äußert sich durch ein Missverhältnis zwischen dem gegenwärtigen inneren Erleben und dem äußeren Gefühlsausdruck bzw. der äußeren Situation (z.B. Lachen und Heiterkeit auf einer Beerdigung). Diese Störung des Gefühls- und Gemütslebens gehört nach Eugen Bleuler zu den fünf grundsätzlichen Symptomen der Schizophrenie."

wikipedia.org/wiki/Parathymie

++
++++++++++++++++++++++++++++++++

JETZT ALSO DAS MRT. Auch im Krankenhaus hieß es erst einmal Warten. Was auch sonst in all diesen Einrichtungen, die offenbar die hauptsächliche Aufgabe hatten, uns Menschen möglichst lange zu verwahren und still zu halten (auch, wenn das zunächst anders propagiert wurde). Also setzte ich mich – bis ich dann zum MRT aufgerufen wurde – in den Wartesaal. Der Raum war groß, vor allem überaus hoch, und es gab mehrere Tische, auf denen Zeitschriften und Handzettel verschiedenster Qualität lagen. Die Tische waren von einfachen Holzstühlen umringt.

Ich setzte mich also an einen dieser Tische, und wartete auf die Dinge, die da kommen würden. – Naja, eigentlich wartete ich nicht allzu lang, sondern begann ziemlich schnell damit, im Raum umherzustreifen, und nicht die Dinge auf mich zukommen zu lassen, sondern ihnen selbst entgegenzugehen, um sie, ganz forsch und autonom, zu betrachten und mit ihnen zu interagieren. An den Wänden waren Regale mit noch weiterem Papierkram aufgestellt. Hier jedoch handelte es sich um Flugblätter und Informationsbroschüren wie bei den Zetteln auf den Tischen. Es wurden hauptsächlich kommunale Projekte vorgestellt. Ich las zum Beispiel vom *Städtischen Tor*, das eine Anlaufstelle für psychisch Kranke auch nach ihrem Klappsen-Aufenthalt darstellte. Die Angebote, die dieses *Tor* hatte, waren eigentlich gar nicht schlecht.

Dennoch – hauptsächlich wollte ich ja endlich mal drankommen, dieses scheinbar obligatorische MRT hinter mich bringen und dann – endlich! – raus ins Freie schlüpfen. Naja, vorher musste ich noch ins IPZ zurückkehren, vermutlich sogar noch zwei, drei Tage dortbleiben und die Ergebnisse abwarten. Aber dann endlich, wenn alles gut war - wovon ich aber eigentlich ausging – konnte ich gehen. Die Zeit verschwamm momentan in meinem Leben; ein Tag glich dem anderen, und dann kam es auf die zwei, drei Tage vielleicht auch nicht mehr an. Das Schulfest meiner ehemaligen Schule, das ich besuchen wollte, und auch das Konzert von Clara, das ich noch viel lieber miterlebt hätte, waren ohnehin schon ohne mich gelaufen.

Ich sah mich also weiterhin in der Halle um. Ziemlich schnell erweckte dann ein Wasserspender, der äußerst unauffällig in einer Ecke stand, meine Aufmerksamkeit. Es war einer dieser üblichen, an welchen man – zumeist rechts an der Seite des Geräts und dessen hellblauen, großen Wassertanks – einen Becher ziehen konnte, um diesen dann an einen der beiden „Zapfhähne" mit Wasser zu füllen. Der Eine gab warmes und der Andere kühleres Wasser, oder, wahlweise – und das konnte ich aus der Distanz erst einmal nicht erkennen – gab ein Zapfhahn

Sprudelwasser und der andere hingegen Wasser, das nicht sprudelte. Dann waren die entsprechenden Tasten meistens hell- und dunkelblau, in manchen Fällen waren sie auch blau und rot oder – in ganz seltenen Ausnahmen – sogar beschriftet. Ihr kennt diese Dinger bestimmt... Häufig sind sie auch in Drogeriemärkten oder im sogenannten Elektrofachhandel anzutreffen, in dem ich meine erste intensive Begegnung mit so einem Gerät hatte...

Ich schweife ab. Contenance, Mademoiselle! Den Rücken durchdrücken und Haltung annehmen.

Als ich nähertrat, sah ich, dass es sich in diesem Fall um ein Gerät handelte, dass warmes und kälteres Wasser von sich gab. Ich zog mir einen Becher. Diese waren hier bemerkenswerterweise nicht aus wabbeligem Plastik, sondern aus fadenscheinigem Papier, das über seinen hohen Plastikanteil hinwegtäuschte. Ich ließ mir erst einmal warmes Wasser von dem Gerät spenden. Dann trank ich den Becher; und es fühlte sich in meiner das Aufgenommene willkommen heißenden Mundhöhle wahrlich gut an. Warmes, wohliges, weiches Nass, das meine Kehle hinunter rann. Eigentlich war ich nun, nach diesen schätzungsweise etwa 150 Millilitern, die solch ein Becherchen umfasste, bereits sitt (ein vorzügliches Wort); aber ich hatte ungeheure Lust, ebenfalls zu kosten, wie denn das kühlere Wasser mir munden würde.

Also zapfte ich mir noch einen Becher und trank auch diesen genüsslich leer. Tatsächlich – dieser kühlere war weniger einfach weich und wohlig, dafür aber erfrischend, belebend, erquickend, erlabend. Hierauf testete ich, wie denn eine Mischung aus beidem, kälterem und wärmerem Wasser, die haptischen und, vor allem, gustischen Eigenschaften des Getränks änderten. Aha. Soso. Unter die Zunge kriegen. Jaja. Äußerst deliziös.

Dann noch einen und noch einen weiteren Becher, um die optimale Trinktemperatur herauszukristallisieren. Das Verhältnis von warmen zu kühleren Wasser zu optimieren. Die perfekte Ausgewogenheit zu finden. Auszubaldowern. Schließlich: Die Mische macht's.

Und sonst gabs da ja nix zu tun, ne?!

ALSO: WARTEN, WARTEN, Wasser trinken, und mich irgendwie selbst bespaßen war meine Mission. Irgendwann wurde ich dann auch aufgerufen: „Frau Lichtenberg?"

Jo, das war mein Name. Ich wurde, nachdem man mich mit einer entsprechenden Bleischürze präpariert hatte (Neinichbinnichtschwanger) in einen Raum geführt, in dessen Mitte sich eine weiße Röhre befand. Die Röhre. Ich hatte schon von vielen Menschen gehört, die sich aufgrund irgendwelcher medizinischen Probleme in solch eine Röhre hatten legen müssen. Viele hatten berichtet, es sei dort drin unglaublich laut und eng, und einige hatten wohl Platzangst bekommen. Ein Gefühl der Enge und Beklemmung, dass sich zumeist in krasser Unruhe und Panik oder eben gänzlicher Schockstarre manifestieren kann. Klaustrophobie.

Ich war gespannt, was dieses Teil wohl mit mir machte und was mich da erwartete, und freute mich irgendwie auch ganz besonders, endlich mal wieder eine neue Erfahrung machen zu können. Im Nachhinein krass, in welchem Maße ich solch eine Kleinigkeit als neue Erfahrung wertschätzte. Ich legte mich also in die Röhre („Wie wollen Sie liegen – Spiegel oder nicht?" – „Spiegel."), bekam den SOS-Knautschball in die Hand gedrückt, und die Frau, die mich auch hierhergeführt hatte, schloss die Luke, und die Show begann.

Hämmern. Klopfen. Als ob irgendein Wesen um meinen Kopf herumfuhr.

Hämmern rechts. Pochen links.

Klopfen oben. Mitte. Unten. Bummbummbumm.

RRRR. RRRR. ARRRR. ARRRR. Krrrrkrrrrkrrrr. Krrrrkrrrrkrrrr.

Geräusche unterschiedlichster Art, alle mechanisch-röhrend. Pochpochpoch.

Bäng. Bäng. Hammer klirrt auf Amboss.

Zzzzzz. Zzzzzz. Hyperpräsente Monstermoskitos.

Rrrummmm. Rrrummmm. Rrrumm. Zahnräder drehen am Rad.

Tschschschsch. Tschschschsch. Ein Vogel versucht zu schweigen.

Dann vorbei. Ende. Ruhe. Stille.

Endlich. Endlich?

Klappe öffnet sich. Wurde geöffnet. Geöffnet von der Person, die sie auch geschlossen hatte. Die Frau vom Krankenhaus. 20 Minuten sollte ich in dieser Röhre verbracht haben.

„Das war's!" sagte die Frau, und ich entstieg dem weißen Wunderwesen.

ICH SOLLTE DANN VON EINEM TAXI ABGEHOLT WERDEN, wie mich auch eines zum Krankenhaus gefahren hatte. Ich weiß nicht genau, wieso, – denn ich hatte den Menschen durchaus gesagt, dass ich auch gerne laufen würde – aber, so wurde mir also ein Taxi gezahlt. Das Taxi sollte mich wohl sicher – oder, vielmehr, gesichert – von einem Ort zum anderen fahren. Nachteil: Ich musste warten, bis das Auto kam. Warten… Also wartete ich. Schon wieder wartete ich, erneut in diesem großen Wartesaal, in welchem ich auch bereits vor dem MRT gewartet hatte. Wartete, und wartete, und wartete.

Habe ich schon einmal gesagt, dass ich warten hasste? Wenn nicht, dann tue ich es jetzt: Ich hasse Warten! Naja, man muss da durch, und mittlerweile bin ich auch deutlich geduldiger geworden. Irgendwann dann – es muss nach etwa genau gut 17 Minuten gewesen sein – ging ich schon einmal ein Stück weiter, Richtung Tür, dem Ausgang und der frischen Luft entgegen. Ich entdeckte hier eine Sammlung von CDs. Naja, eigentlich waren es nur drei Stück; aber doch mehr als eine einzelne und für mich deshalb in diesem Moment eine Sammlung. Ich fragte mich, wie sie wohl hierher gelangt waren, und vor allem, mit welcher Intention sie hier lagen und, spezifischer, ob man sie vielleicht mitnehmen durfte. Ob ich sie mitnehmen durfte. Eine CD erweckte meine besondere Aufmerksamkeit: Es war ein Album mit Kirchenmusik. Also nicht, dass ich jetzt besonders auf Kirchenmusik stand, um Gottes Willen – ich hatte noch nie außerhalb von Kirchen bewusst solchen Tönen gelauscht –, aber, und vermutlich genau darum, diese CD erweckte meine besondere Aufmerksamkeit.

Ich öffnete die eckige Plastikschachtel, nahm das andere, vielmehr runde und flache Plastik mit Loch in der Mitte heraus, und steckte es mir in die Innentasche meiner Jeansjacke. Dann sah ich, wie lange Beine mit Mann dran an mir vorüber stratzten. Ein Fußpaar, Schritt vor Schritt voreinander gesetzt. Trippelte der Schritt. An mir vorüber. Weiter, zur Tresen-Theke.

„Ja, die müsste hier warten. Eben saß sie noch hier – weit kann sie nicht sein. Gehen Sie mal in diese Richtung." Obwohl sie ausnahmsweise einmal nicht meinen Namen genannt hatten, wusste ich natürlich sofort, dass sie mich meinten. Ich schlaue Füchsin.

Lange Beine laufen auf mich zu, Füße bleiben vor mir stehen. „Sind Sie der Taxifahrer?", fragte ich.

„Ja, der bin ich."

„Schön. Dann fahren wir wohl zusammen."

Auf der Taxifahrt redeten wir nicht viel; eigentlich gar nicht. Der Mensch neben mir war sehr schweigsam, und ich machte zwar ein, zwei Versuche, mich zumindest ein wenig mit ihm zu unterhalten – Smalltalk sollte ja genügen –, aber dann ließ ich die Bemühungen auch irgendwann sein. Wir fuhren also schweigend daher (also, er fuhr und ich saß daneben), bis wir dann nach etwa siebzehn Minuten am IPZ ankamen. Hier setzte er mich ab, und ich gab ihm so einen Zettel – optisch eine Mischung aus Krankenrezept und Überweisungsträger – den er wohl, anstatt direkt Geld zu bekommen, irgendwo einreichen konnte beziehungsweise einreichen lassen konnte, und dann vermutlich von der Krankenkasse Geld bekam.

Dann ging ich zurück auf P4b.

ICH FÜHLTE MICH LEER UND EINSAM. Mir fehlte der Kick, und irgendwie fehlte mir doch auch so viel anderes mehr. Hier, im IPZ, gab es kaum neue Erlebnisse. Es gab keine Abwechslung, keine Erfahrungen, nichts, worauf man sich sonderlich freuen und aber auch nichts, worüber man sich sonderlich ärgern konnte. Hier, im IPZ, gab es nur Routine. Routine, Leere, Gleichförmigkeit. Ich hatte das starke Verlangen, Gras zu konsumieren, um irgendwie – zumindest gedanklich – aus diesen starren Bahnen auszubrechen und mal wieder etwas Neues, Anderes zu fühlen. Aber kiffen durfte man hier ja nicht und wäre vermutlich auch gerade nicht so schlau gewesen. Zula hatte mal erzählt, dass er immer bei Penny einkaufte. Er hatte Recht, so weit war das nicht; da hatte ich auch schon mal eingekauft. Das konnte ich mal wieder tun. Ich wollte absolut nicht provozieren, dass sich meine Psychose verschlimmerte. Aber diesen Zustand von Nichts, von vollständiger innerer Leere; das Gefühl, keine Gefühle mehr zu haben... – den Zustand wollte ich auch nicht mehr aushalten. Also– : Also schlurfte ich eines Tages in den zwei Stunden Ausgang, die ich hatte, zu Penny und deckte mich mit Energy-Drinks ein. Genügend Koffein sollte einen ebefalls in einen Rausch versetzen können, und tatsächlich meinte ich, nachdem ich drei Dosen getrunken hatte, alle Farben heller und die Welt insgesamt ein Stück weit aufregender zu sehen. Aber der Effekt war leider minimal. Ich war ein wenig enttäuscht.

Ein anderes Mal kaufte ich ganz viel Essen. Ich hatte gar keinen Hunger, aber Essen war schon früher die Droge meiner Wahl gewesen, und ich hoffte, dass es mir auch jetzt helfen konnte, die Leere in mir irgendwie zu stopfen. Essen konnte außerdem auch echt aufregend sein. Scharf, süß, sauer, bitter, salzig – alles durcheinander, alles gemischt. Das war toll.

Ich kaufte also: Eine Packung Hummus, Körnerbrötchen, Cherry-Tomaten. Milchschnitten. Kakao. Scharfen Senf. Gewürzgurken. Oliven. Schokolade. Veganen Aufschnitt. Eine Packung Donuts. Krautsalat. Zitronenwaffeln. Cracker. Chips. Cornflakes. Sojamilch. Ich lief ein paar Schritte, um die nächste Ecke und dann in die Straße hinein, und setzte mich dort auf eine Tischtennisplatte auf einem Schulhof, breitete alles vor mir aus, und dann – dann fraß ich alles, nach und nach in mich rein. Süß auf herzhaft, auf sauer, auf scharf, auf salzig. Auf herzhaft auf süß auf herzhaft, und wieder andersrum. So machte man das bei einem gekonnten Fressanfall, und tatsächlich hatte mir früher dieses zügellose Fressen auch viel geben können. Unkontrolliert und in solchem Maße, dass einem irgendwann nur noch der Bauch schmerzte und das Gehirn zu langsam war, um zu denken. Oh ja, war das herrlich, wenn das Gehirn langsam erschlaffte! Vor allem aber auch die Freude während des Akts: man wusste, was das Ziel war. Hineinstopfen, verschlingen, ganz und gar in mir aufnehmen. Alles aufessen, bis alles leer war.

Jetzt aber, jetzt gerade gab mir das nicht wirklich etwas. Der erhoffte gedanklich benebelnde Rausch blieb aus und das Essen schmeckte nur fad und trocken. Viel zu schnell tat mir einfach nur der Magen weh; aber die Gedanken waren immer noch da. Ich fühlte mich voll und mental sogar nur noch leerer als zuvor. Das Loch, das ich stopfen wollte, hatte ich anscheinend nur noch weiter aufgerissen.

Ich wandelte also langsam zurück zum IPZ, wo es dann Abendessen gab. Ich glaube, es war das erste und einzige Mal, dass ich alles – außer der Birne, die das heutige Stück Obst darstellte – unberührt wieder zurückstellte.

Eines Tages stand mein Onkel Peter mit seiner Frau Rosemarie und ihrem gemeinsamen Hund Clyde draußen vor den Gitterstäben. Sie standen auf der anderen Seite des Zauns; da links zwischen geschlossener Station und Tagesklinik (wie ich das Gebäude später als solches identifizieren konnte). Sie schauten uns zu, wie wir im Garten standen, saßen, sprachen. Ich saß auf meinem später alt angestammten Tee-trink-Platz, las ein Buch, was ich im Speisesaal – der ja auch Aufenthaltsraum war – gefunden hatte und schaute in ihre Richtung. Allerdings konnte ich ihre Mimik nicht richtig erkennen, da ich meine Brille mal wieder irgendwo vergessen hatte. Dass es aber die drei waren, erkannte ich schon an ihren Silhouetten, oder meinte es zumindest zu erkennen. Wir hier drinnen und die da draußen. Ein bisschen wie im Zoo. Heute mal Verrückte angucken.

Nein. Eigentlich war es schön, dass die beiden mal vorbeischauten. Von mir aus hätten sie auch gerne auf die Station und mich richtig besuchen kommen können; aber vielleicht hatten sie das ja versucht und durften nicht rein. Bislang hatte mich noch niemand besucht. Aber meine Oma und meine Tante waren ja eh hier. Rosemarie und Peter standen also da; in ihrer Hand die Leine des Hundes Clyde, und die Augen beobachteten die Verrückten.

Erst jetzt fiel mir auf, dass der Zaun eigentlich kein wirkliches Hindernis war. Theoretisch hätte ich da rüber klettern können. Rüber. Runter. Raus. Raus. Raus in die Freiheit. Ganz zu Beginn schon, als ich hier wegwollte und noch keinen Ausgang hatte. Aber - in die Freiheit? Was wollte ich da draußen? Wo sollte ich hin? Raus in die laute Stadt. Was sollte ich da? Wo konnte ich leben? Ich wollte nicht in meine WG. Nicht zu Anton. Nicht zu meinen Eltern – das war ja das letzte Mal schon schiefgelaufen; auch sie verstanden mich nicht. Und auf der Straße leben wollte ich schon mal gar nicht, dafür fühlte ich mich gerade zu schwach. Aber es war schön zu wissen, dass diese Möglichkeit da war. Die Möglichkeit zu fliehen. Wir waren gar nicht wirklich eingesperrt. Wir waren hier, in einer eigentlich ganz netten Gemeinschaft; wir brauchten uns um eigentlich gar nichts zu kümmern; und einen Garten hatten wir auch. Ja, einen Garten... Den genoss ich jetzt erst recht.

AUCH RONJA, EINE MITPATIENTIN VON MIR, schien den Garten zu lieben. Ronja war ein paar Jahre jünger als ich, eher dick als dünn, und machte auf mich den Eindruck, als käme sie aus keinem tollen Elternhaus. Sie lief meistens mit ihrem iPod und Kopfhörern in den Ohren herum; oder wenn sie das nicht tat, schwallte sie uns andere zu. Manchmal aber hörte sie auch laut Musik, und tanzte dazu oder wippte auf ihrem Stuhl umher. Dieser Anblick erfreute mich immer, denn das schienen auch ihre Momente größter Freude hier im IPZ zu sein. *Moop Mama* hörte sie gerne, und für mich war diese Band damals ganz neu.

> „Unter der Kapuze
> Hat sie ihre Ruhe, eine stille Minute
> Hört nicht das Gehupe, alles in Zeitlupe
> Solltest du sie suchen, sie ist
> Unter der Kapuze, unter der Kapuze"

Für mich ist das noch immer so ein bisschen der Song der Klappsenzeit. Ich konnte „sie" gut nachvollziehen, sie verstehen, wie sie einfach ihre Ruhe von der Welt da draußen haben wollte und ihr Gesicht deshalb unter der Kapuze verbarg. Ich stellte sie mir in einem dunklen oder vielmehr grauen Kapuzenpulli vor, simpel geschnitten und von dickem, angenehmem Stoff. Unter dieser Kapuze verborgen dröhnte der Alltag weniger laut in ihre Ohren.

Auch ich bekam eine Kapuze gestellt. Aus dem Kleidervorrat des IPZ. Ein braun-weißes Shirt, mit einem Kragen, der so groß war, dass man ihn auch als Kapuze verwenden konnte. Ich mochte dieses Kleidungsstück. Sehr sogar. In ihm fühlte ich mich geborgen, und außerdem hatte das Ganze den Touch einer Person, die eine magische Aura an sich hatte. Ich fühlte mich zauberhaft. Und: Zugehörig zu der Magier*innen-Clique von der Nachbar-Station, der P4a. Ich hatte sie von Anfang an interessant gefunden; vor allem den einen mit dem traurigen Blick und dem Tattoo auf der Kopfhaut. Zara gehörte auch zu ihnen. Sie hatten keinen eigenen Garten, und kamen deswegen in den, der an unsere Station angebunden war.

Eines Abends saßen sie dort, an dem Tisch vorne links, wenn man von der Treppe kam. Die fünf Freunde von Station P4a. Die von der P4a (zumindest die fünf) waren irgendwie anders als „wir". Wir, wir waren tatsächlich verrückt, abgedreht, anormal. Auf meiner Station waren viele Suchterkrankte und sozial Abgehängte; „Heiopeis", wie ich sie, wenn ich sie früher draußen auf der Straße gesehen hätte, liebevoll genannt hätte.

Die fünf Freunde aber waren auf eine andere Art verrückt. Sie alle hatten sich in irgendeiner Weise dem Mystischen verschrieben. Sie bildeten einen konspirativen Kreis, waren aufmerksam füreinander und für die Dinge, die sie umgaben. Sie sprachen mit den Bäumen und Käfern in unserem Garten und vollzogen eigentümliche Rituale. Sie sammelten Butterblumen, ordneten sie in Kreisen an und setzten diese Kreise dann von der Mitte aus in Brand. Sie alle schimmerten vor Melancholie und scheibar grenzenloser Tiefsinnigkeit.

Heute, an diesem Abend, unterhielten sie sich in Zisch- und Fauchlauten.

„Welche Sprache ist das?" fragte ich den Mann mit der Tätowierung am Hinterkopf.

„Marsianisch", antwortete er.

„Kann ich das auch?", fragte ich.

„Das weiß ich nicht." Ich setzte mich zu den Fünf und hörte ihnen zu. Nach einer Weile meinte ich, zu verstehen, worüber sie sich unterhielten. Ich hatte die Grundzüge der Sprache schnell gelernt, und wie man weiß geht das ja auch am besten, wenn man unter Menschen ist, die die entsprechende Sprache sprechen. Ich machte den Versuch, einen Satz auf Marsianisch zu äußern, und man antwortete mir. Es war ein schöner Abend, und wir unterhielten uns, bis es dunkel wurde.

ICH TRUG EINEN PULLI, DEN LYNN SEHR MOCHTE. Es war so ein dunkelblauer aus unebenem, gestreiftem Stoff. Ich hatte ihn mal von meiner Mutter abgezogen, weil ich ihn ganz schön fand, aber trug ihn nicht wirklich oft, da er ein wenig kratzig war.

„Einen schönen Pulli hast du", sagte Lynn.

„Danke", sagte ich. „Der ist von meiner Mutter."

Dann sprachen wir über Mütter, Mutterliebe, Liebe, Schutz, Nähe und Geborgenheit. Ist Sicherheit das Gleiche wie Geborgenheit? Irgendwann kam ich wieder auf den Pulli zu sprechen. Dass auch er mir auf eine Art Geborgenheit und Schutz vermittelte. Dass ich diesen Schutz jetzt aber gar nicht mehr brauchte, weil ich mich wieder stark und eigenständig fühlte.

„Ja, fremde Pullis sind was Schönes", sagte Lynn. „Ich habe auch ein paar Pullover von guten Freundinnen, die mich dann immer an sie erinnern. Das ist schön. Jeder Pulli vermittelt mir ein anderes Gefühl. Und manchmal, da habe ich den Eindruck, dass noch ihr Geruch in ihnen hängt."

„Ja...", sagte ich. „Lynn, ich möchte dir diesen Pulli schenken. Jetzt soll er *dir* Schutz und Geborgenheit vermitteln. Ich brauche ihn nicht mehr."

„Wie schön!", sagte Lynn und nahm den Pulli dankbar an. Dann lief sie rein, in die Station. Wenig später kam sie wieder und hielt ihrerseits einen Pullover in der Hand. Er war beige und mit braunen und orangenen Dreiecken bemalt. „Der ist für dich!" sagte sie. „Dann können wir Pullis tauschen."

„Äh ... Danke", sagte ich. Das wäre absolut nicht nötig gewesen.

EINEN TAG SPÄTER WAR ZARA IM GARTEN. Es ging ihr nicht so gut. Sie war immer ein wenig traurig, doch heute fiel es besonders auf. Ich fragte sie, was los war. Los war: Zara hatte Angst vor Männern. Sie hatte, irgendwie, Angst vor der Außenwelt oder zumindest begründete Furcht, da sie schon so viel Negatives erlebt hatte. Ich weiß nicht genau, was alles in ihrem Leben vorgefallen war, aber wenige Tage, nachdem sie einen Mitpatienten der Vergewaltigung bezichtigt hatte, schlitterte ich in ein Gespräch von ihr und Lynn hinein.

„Meine Wohnung ist komplett leer", sagte Lynn. „Ich bin erst vor drei Wochen da eingezogen, und jetzt ja auch gar nicht hier. Also, in der Wohnung. Ich dachte, ich fände es schön, alleine so viel Platz zu haben, aber ich habe schon in den ersten paar Tagen, die ich da war, gemerkt, dass es doch nichts für mich ist, zu Hause immer allein zu sein. Also, wenn du magst, kannst du bei mir einziehen."

„Wo ist denn die Wohnung?", fragte Zara.

„Ganz in der Nähe vom Bahnhof! Aber die Wohnung ist wirklich ruhig, und wir haben einen sehr schönen Hinterhof." Ein Schutzraum für misshandelte Frauen, dachte ich.

„Auf jeden Fall ein Schutzraum für uns!", sprach Lynn es dann tatsächlich auch aus. „Ich will nämlich auch nicht einfach Fremde da rein lassen; und dann, wenn du da auch wohnst, vor allem keine Männer."

„Ja ... Ich suche tatsächlich gerade eine Wohnung. Bei meiner alten wurde ich rausgeschmissen, bevor ich hierhergekommen bin."

Ich auch, dachte ich. Ich wollte weg aus meinem alten Umfeld. Vor allem wollte ich weg von Anton. Klar, ich hatte auch eine eigene WG, aber jetzt, wo Christian auszog, fühlte ich mich da auch nicht mehr gänzlich wohl. Irgendwie hatte ich ja auch selbst schuld; ich hätte mich einfach nicht so sehr auf diese eine Person fixieren sollen. Naja. Ich stellte mir vor, wie es wäre, mit den beiden zusammen zu ziehen. Stellte mir vor, ich lebte mit Lynn und Zara zusammen. Beide waren, wie ich fand, supertolle und ausgeglichene Menschen. Auch wenn ich Zara gar nicht allzu sehr kannte, hatte ich sie schnell ins Herz geschlossen – und fand das Rot ihrer Haare toll –, und Lynn war mit ihrer inneren Ruhe und Ausgeglichenheit und auch den manchmal schon fast spirituell anmutenden Zügen die Sanftmut in Person. Es musste wunderschön sein, mit den beiden zusammen zu wohnen.

Ich sprach meinen Wunsch nicht aus. Ich war mir ja noch nicht einmal sicher, wie ernst sie es denn meinten; und ob die beiden tatsächlich zusammenziehen würden. Am nächsten Tag aber fragte ich Lynn nach ihrer Adresse. Sie rückte sie bereitwillig raus und sagte, ich solle sie, nach unserem Aufenthalt hier, unbedingt mal besuchen. Ich nahm mir das fest vor. Lynn schrieb mir dann ihre Adresse auf einen kleinen, hübschen roten Zettel, der die Schemen einer Schildkröte abbildete. Der Zettel war bordeauxrot, doch sie hatte das gleiche Motiv noch auf hellrotem Papier. Als Lynn sah, dass mir die Zettel gefielen, riss sie mir ein paar davon in beiden Farben von ihrem Block ab und schenkte sie mir.

„Möchtest du auch einen Stift haben? Guck mal, ich habe ganz schöne. Dieser hier schreibt zum Beispiel unheimlich toll, da kann man auch Kalligrafie mit machen. Aber den würde ich gerne behalten. Sonst kannst du dir aber bestimmt ein, zwei Stifte aussuchen; ich habe nämlich überaus genug." Den Kalligrafie-Stift hätte ich vermutlich genommen. Auch wenn ich mir ein bisschen dreist vorkam, mir hier so viele Vorteile zu verschaffen.

„Nee, danke. Ich habe auch genug Stifte." Das stimmte auch wieder. Ich hatte zwei Kugelschreiber und einen Bleistift dabei, und das reichte völlig.

Mehr Besitz würde nur bedeuten, dass die Dinge mehr Kapazität in meinem Hirn einnahmen, und ich mich irgendwo darum kümmern musste.

++

Wissen Sie noch, wie Sie heißen? Warum Sie hier sind?

++

„WO IST HERMANN? ICH HABE MEIN KUSCHELTIER VERLOREN!"

„Wir haben da was für Sie, Frau Lichtenberg", sagte eine der Schwestern da. Es war die Oberärztin Frau Mund. „Kommen Sie mal mit in mein Zimmer."

Mitten auf dem Gang, zwischen den beiden Türen, die zu den Klos führten und dem Ausgang in den Garten, tat sich plötzlich eine Tür auf, die ich vorher noch nicht entdeckt hatte oder wohl immer ignoriert haben musste. Es war eine Eisentür, mit einem runden, bullaugigen Fenster in der Mitte. Hinter dieser Tür war das Büro der Stationsärztin. Hier ist sie also immer, wenn sie nicht auf dem Gang rumläuft...! dachte ich. Ja, hier war sie also... Hier war ihr Büro.

Auf einem Stuhl (er war weiß und schien aus Holz zu sein) links neben der Tür, im Inneren des Raumes, entdeckte ich drei Gegenstände, die mir bekannt vorkamen.

Hier war meine bunte Goa-Hose! Und meine Brille! Und – ganz oben auf, als Schmuck-Prachtstück und Augenmerk, thronte auch Hermann, mein Kuscheltier. Hermann war ein tolles Tier. Ein wahrer Gefährte, muss ich sagen. Immer, solange ich mich zurück erinnern kann, hat er mich begleitet. Er hat mir zugehört, abends im Bett, wenn ich ihm von meinem Tag erzählt habe. War da, wenn ich jemanden brauchte, mit dem ich über meine Sorgen und Ängste sprechen konnte und hörte mir ruhig und geduldig zu. War, so dachte ich es mir als Kind zumindest, ein eigenständiger und cooler Typ, der handwerklich begabt und praktisch veranlagt war. Während die anderen schraubten, nagelte und zimmerten schweißte er Dinge zusammen. Er war ein toller Teddy, schon ganz platt gekuschelt, und vor allem konnte er eines besonders gut: urseln. Urseln ... – Das war, wenn man ihn an beiden Armen packte – je Hand ein Arm – und mit Kreisbewegungen aus den Handgelenken ihn wieder und wieder um sich selber drehte. Naja, die eigenen Armmuskeln nahmen dabei zu, die von Hermann hingegen nahmen ab.

Jedenfalls: Hier lag der Gute. Er lag hier – saß vielmehr, mit seinem immer anhaltenden Grinsen auf dem Gesicht (ein einfacher schwarzer Bindfaden war ihm unter der Nasenpartie in einem u-förmigen Bogen in das Gesicht gestickt) und schien sich zu erfreuen an der Welt. „Mein Hermann!", sagte ich entzückt und drückte den Bären an mich. Wie lieb ich ihn habe ...", murmelte ich. Hermann war noch immer der Gegenstand, den ich als erstes mitnehmen würde, wenn ich aus einem brennenden Haus flüchten müsste.

„Schön, dann ist das also doch ihrer", sagte die Ärztin, und schien gar nicht mal so sehr gerührt zu sein wie ich.

„Ja, das ist meiner" (Scheiß Besitz! Eigentum ist Diebstahl und Hermann ist eigenständig!), sagte ich, und Frau

Mund lächelte mir zu. „Und die Hose und das Buch auch!"
Also durfte ich mir alle drei nehmen und kam dann, freu-
destrahlend wie ein Honigkuchenpferd, aus dem Büro
wieder raus. Dann ging ich, gut gelaunt, in den Garten,
und setzte mich neben Basti, der auf der weißen Plastik-
bank rauchte.

„KANN ICH AUCH EINEN ZUG?" fragte ich Basti, der einen
wirklich würzig riechenden Tabak durch seine Pfeife zog.
　„Hm", machte er. „Nein. Das ist zu stark für dich."
　Ich war mir ja wirklich nicht sicher, was für eine Mischung sich die beiden da immer reinhauten. Aber Zula
sollte ja von Heroin loskommen, vielleicht hatte Basti ihm
da etwas gemischt, das ebenso stark war, aber nicht abhängig machte. Er trug diesen Stoff immer in einer Alu-
dose mit sich rum, und eigentlich hätte ich das gerne mal
probiert. Ich hatte mir im Verlaufe der letzten Tage angewöhnt, täglich eine Zigarette wahlweise von Zula oder
von der Benzo-Frau zu schnorren. Vielleicht, um damit
mein Verlangen nach Gras zu kompensieren, vielleicht
aber auch, um einen Anlass für eine kleine Alltags- und
Schnackpause zu haben... Jedenfalls schienen die Pflegemenschen das auch mitbekommen zu haben.

„HIER, FRAU LICHTENBERG. DAMIT SIE NICHT IMMER STÄNDIG AL-
LES VERLIEREN", sagte die Pflegerin und gab mir eine rote
Plastikzigarettenschachtel.
　Ich fragte mich, wozu ich so etwas brauchte. Warum
konnte ich nicht einfach eine normale Pappschachtel haben, ganz zu schweigen davon, dass ich ja gar nicht wirklich rauchte. Aber dann stellte ich fest, dass das doch ganz
praktisch war. Ich hatte in den ersten Tagen einige krasse
Aufzeichnungen gemacht, unter anderem *Zu Gast in meinem Kopf* und *Das Bett am Fenster*. Die trug ich seitdem

immer mit mir herum und hütete sie mehr noch als meinen Augapfel, da ich sie auf keinen Fall verlieren wollte. Anstatt meine geheimen Aufzeichnungen wie bisher in meiner Unterwäsche zu verstecken, konnte ich sie jetzt in diese Plastikschachtel tun. Für eine selbst gedrehte Kippe und ein Feuerzeug war ebenfalls noch Platz. Also gehörte ich nun auch zu den Rauchenden, die allmorgendlich draußen auf dem Treppenabsatz standen und erst mal eine schmökten. Es machte mir keinen Spaß zu rauchen. Aber irgendwie beruhigte es mich. Außerdem war so eine gemeinsame Rauchpause etwas, was alle daran Teilnehmenden verband.

Ich hatte ein immer größeres Interesse an Tabak, vor allem aber auch an diesem ganzen Spezialmischen von Basti. Ich überlegte mir verschiedene Strategien und Methoden, wie ich denn da drankommen könnte, verwarf sie aber alle wieder, weil mir der damit verbundene Aufwand zu hoch erschien, und wegen der irgendwo noch immer vor vorhandene Einsicht, dass es eigentlich besser war, nicht zu rauchen. Tatsächlich versuchte ich mir stattdessen anzugewöhnen, nach jeder Mahlzeit, und auch zwischendurch, statt Kippe eine Tasse Tee zu trinken.

„WOLLEN SIE WIRKLICH DIESEN FADEN NEHMEN? Gucken Sie mal, dieser hier passt doch viel besser vom Grün und unauffälliger ist der auch."

„Für Rike ist die Hauptsache, dass der hält", antwortete Zula für mich, der glücklicherweise auch hier war. Ich war ihm sehr dankbar dafür.

„Praktisch veranlagt, die Frau", sagte Reinhold mit einem ich glaube anerkennenden Blick und wandte sich dann wieder seiner eigenen Näharbeit zu.

Ergotherapie. Das war die einzige Therapieform, die mir – im Rahmen meiner damaligen Möglichkeiten, mich zu freuen – wirklich Spaß machte. Ich war nur mitgekommen, weil Reinhold mir das vorgeschlagen hatte. Er hatte zuvor beim Mittagessen überlegt, was er denn gleich in der Ergotherapie tun wolle, und war dann zu dem Schluss gekommen, dass er einen neuen Knopf an sein Rucksack annähen möchte.

„Ich muss meinen Rucksack auch nähen", hatte ich gesagt.

„Dann komm doch mit!", war seine Antwort.

Und nun saß ich also hier, mit Reinhold, Zula, Brigitte und drei weiteren Menschen, die ich nicht kannte oder deren Namen ich nicht mehr weiß. Das Therapiezimmer war im Keller, wie auch das von diesem dämlichen Sportprogramm. Alle vier Wände waren mit Schränken vollgestellt, in denen Farben, Ton, Pappe, Steine, Bindfäden, Krepppapier und ein Haufen weiteres Material zum Basteln lag. Es gab sogar eine Töpferplatte, aber die haben wir leider nicht benutzt. An den Wänden hingen Kunstwerke vorheriger Patient*innen; teilweise waren wirklich schöne dabei. Ein Bild bestand aus ganz vielen verschiedenen Farben, die ineinander überflossen und sich so vermischten und zusammen Muster bildeten. Das fand ich besonders schön.

„Das habe ich mal gemalt, als ich noch ganz neu hier war", sagte Zula, als ich meine Begeisterung über das Bild laut geäußert hatte. Malen konnte er auch noch!

MEINE ZIMMERNACHBARIN LAG VIEL IM BETT. Fast nur könnte man sagen. Sie lag viel in ihrem Bett am Fenster. Manchmal stand sie auf, um sich die Hände mit Apfelschorle oder Sprudelwasser über der Öffnung des Kippfensters zu waschen. Meistens jedoch lag sie einfach. Lag und starrte in der Gegend herum. Ihre Tochter, die sie immer mal wieder besuchte, erzählte mir, dass sie Halluzinationen habe. Sie brachte ihr eine Packung *Celebrations* mit; diese roten Pappkartons mit vielen kleinen, einzeln verpackten Schokohappen. Das war, soweit ich das mitbekam, das Einzige, was meine Zimmernachbarin aß. Zu den Mahlzeiten erschien sie nicht, aber diese Schokohappen aß sie mit großer Freude und bot mir auch immer mal wieder welche an. Ich gewann diese Frau lieb, irgendwie; vielleicht gerade, weil sie so schweigsam war. Dennoch neidete ich ihr das Bett am Fenster.

Das Bett am Fenster

Einsam lag sie in diesem Krankenzimmer. Das Bett, an das sie gefesselt war, gleich einer Zwangsjacke.

Ich will doch nur den Regen sehen, dachte sie sich. Einfach nur den Regen. Die Revolution soll friedlich stattfinden. Diesmal, bitte. Nur ein einziges Mal.

Stattdessen wurde sie verfolgt. Verfolgt, ohne Grund. Die Zwangsjacke, die man ihr umgelegt hatte, glich einem Mantel schwer wie Blei.

Ich hasse dieses Bett, das nicht am Fenster steht. Immer bekommen die Alten es. Die, die endlich sterben dürfen. Ich nicht. Ich muss hier liegen. Hier, in diesem Zweibettzimmer. Nicht am Fenster, sondern an der Wand.

Ich hasse Krankenhäuser. Dominiert vom Patriarchat. Ich hasse all das hier. Aber, naja, was soll man machen. Es ist, wie es ist.

Und draußen – prasselt der Regen gegen die Fensterscheiben.

Endlich.

Danke.

ICH GING HIER JEDEN TAG UM 21 UHR INS BETT. Das Bett lag nicht am Fenster. Es war dann schon dunkel draußen, und tatsächlich war ich dann auch schon müde. Bevor ich schlafen ging, machte ich das Fenster auf Kipp. Plötzlich hörte ich draußen einen Krähenschwarm. Es mussten hunderte sein, die da aus den Bäumen aufstiegen! Sie krächzten und zogen los zu ihrem Abendflug.

Krähen sind faszinierende Wesen. In ihrer tiefen Schwärze unglaublich ästhetisch, überaus klug – aber irgendwie auch sehr mystisch. Clara hat sie immer als Vorboten des Todes bezeichnet. Als ihre Katze gestorben war, saß der Baum vor ihrer Haustür voll mit ihnen. Ich verband mehr Positives mit den Krähen. Zumindest in der Zeit vor dem IPZ. Hier aber hörte ich sie jeden Abend. Hörte sie, immer wenn ich das Fenster schloss, wenn es dämmerte, ich zu Bett ging, das Licht löschte. Jeden Abend waren sie dort und krächzten ihr unrhythmisches Lied. Krähen, die Boten des Todes.

AUF DEM SCHRANK MEINER ZIMMERNACHBARIN LAGEN ALTE, DICKE ZAUBERBÜCHER. Als sie endlich weg war – oh, ich hatte so lange, lange darauf gewartet, dass sie entlassen wurde, weil ich immerzu darauf gehofft hatte, dann selbst diesen wunderschönen Fensterplatz zu kriegen –, hatte ich die Gelegenheit, ihre ganzen Schränke und Schubladen zu durchwühlen. Ich schaute gerne fremde Sachen durch. Das war sicherlich der Abenteurer- und Entdeckerinnen-Geist in mir, oder eben die kindliche Neugier. Ich fand nicht viel – sie hatte wohl gut aufgeräumt -, stellte aber fest, dass man die Rollcontainer mit den Schubladen, die wir alle neben unseren Betten hatten, von beiden Seiten öffnen konnte. Dass das nicht cool war, versteht sich von selbst. Das heißt, sie konnten ganz unbemerkt, heimlich und mitten in der Nacht in unser Zimmer kommen, die Schublade einfach von der anderen Seite öffnen und meine geheimen Aufzeichnungen stibitzen! Das konnte, nein, das wollte ich nicht zulassen. Dann musste ich meine Notizen wohl jetzt nachts wieder schön kleingefaltet zwischen den großen Schamlippen und dem Stoff meiner Unterhose tragen, wenn ich nicht mit der roten Plastikkippenschachtel ins Bett gehen wollte.

Ich fand ich nicht wirklich etwas Besonderes – das Spannendste war ein Dokument, auf weißrussisch vermute ich, auf dem die alte Dame ihren Namen, Geburtsdatum und -ort sowie Adresse und Unterschrift eingetragen hatte. Wofür brauchte sie das? Um ein Kurzvisum oder so zu beantragen? Kam sie aus Weißrussland und wollte dorthin zurück? Oder wollte sie dort ihre Tochter besuchen? Kam ihre Tochter von dort? Oder war das nur ein Wunschtraum, den sie in ihrer ebenfalls geistigen Verwirrtheit hegte? Ich weiß es bis heute nicht.

Eine bunte alte Verpackung der von ihr einzig angenommenen Nahrungsmittel – Süßigkeiten! – habe ich auch noch gefunden, und dann entdeckte ich, hoch oben auf dem ihrem Bett zugehörigen Kleiderschrank diesen Stapel dreier dicker alter Bücher. Ich hob ihn behutsam herunter und schaute, um welche Kleinode es sich hier handelte. *Old Shatterhand* von Karl May war dabei. *Vom Winde verweht* von Margaret Mitchell auch. Und dann noch ein drittes, mir bis dato vollkommen unbekanntes Buch. Als ich es aufschlug, strömte mir ein Duft von Salbeiräucherstäbchen und altem vergilbtem Papier entgegen. Ich nahm eine tiefe Nase. Dann schaute ich, was in dem Buch geschrieben stand. Die Schrift war Fraktur, aber das konnte ich dank der vielen Stunden Nachhilfeunterricht, lesen, die ich in der Schulbibliothek neben einem Regal mit Büchern in Frakturschrift verbracht hatte und in denen ich las, während ich darauf wartete, dass mein Nachhilfeschüler seine Aufgaben machte, glücklicherweise lesen. Der Inhalt des Buchs war aber nicht weiter interessant. Interessant wurde es, als ich das Buch ein paar Seiten weiter aufschlug. *Kapstachelbeere* war auf einem Zettel geschrieben. Und *Milch, Honig, Apfelsaft.*

Milch, Honig, Apfelsaft. Milch, Honig, Apfelsaft ... – Milch, Honig Apfelsaft! Das waren genau die drei Dinge, die die alte Frau immer auf ihre Hände getan hatte, die sie stets hier am Fenster wusch, so dass die Flüssigkeit raus ins Gebüsch fließen konnte. Milch, Honig, Apfelsaft! Gut, bei dem Honig war ich mir nicht ganz sicher und bei der Milch auch nicht. Aber bei dem Apfelsaft war das kloßbrühenklar! Damit hatte die Frau sich immer sie Hände gewaschen!!

Reiner Apfelsaft war das meist nicht, weil es hier im IPZ nicht solche Unmengen davon gab. Es gab 0,5l-Plastikflaschen mit wahlweise Wasser (mit und ohne Sprudel und auch medium) Apfelschorle, ab und an Apfelsaft und noch seltener andere Säfte in Tetrapacks. Der Apfelsaft war auch in diesen kleinen Plastikflaschen, aber nicht so häufig zu bekommen. Dennoch, sicherlich wollte die Frau mir damit einen Hinweis geben! Wollte mir diese Praktik weitergeben. In der Folgezeit, als ich dann tatsächlich das Bett am Fenster hatte, wusch auch ich mir immer die Hände mit Apfelschorle oder wahlweise -saft. Und ab und zu, recht regelmäßig, immer, wenn sie es benötigten, cremte ich sie auch noch mit Milch und Honig ein. Meiner Haut tat das bestimmt sehr gut!

DER TAG, AN DEM ICH RAUS DURFTE, BEKAM EIN DATUM. Es sollte Dienstag, der 18. September sein, nur wenige Tage später als der Arzt mir vor gut einer Woche angekündigt hatte. „Aber immer schön ihre Tabletten nehmen, Frau

Lichtenberg. Sie wissen ja: 2 mg *Risperidal* morgens und abends und 2,5 mg *Zyprexa* morgens und 5 mg davon abends. Und" – *die Morgensonne schien, morgens, mittags abends und nachts* – „das wird dann sukzessive abgesetzt, also Schritt für Schritt, Frau Lichtenberg. Aber in zwei Wochen, am 04. 10., sollen Sie ja eh noch mal herkommen. Dann überprüfen wir, inwieweit Sie Fortschritte gemacht haben und setzen die Dosis runter. Bis dahin wünsche ich Ihnen eine schöne Zeit; und denken Sie dran: Immer regelmäßig, morgens nach dem Frühstück um acht und abends nach dem Abendessen um 18 Uhr, die Medikamente zu nehmen!"

Ja nee, ist klar. Acht und 18 Uhr. Meinen Tagesrhythmus würde ich als erstes umstellen, wenn ich wieder hier raus war, dachte ich.

Ich kam dann tatsächlich raus. Am 18. September 2018, nach zweieinhalb Wochen, durfte ich die Klinik verlassen. Das MRT hatte ergeben, dass alles gut war. Ich freute mich wie Bolle und fuhr in meine Heimat, um meine alten Freunde wiederzusehen.

Zweiter Teil

Klinisch rein

FRÜH MORGENS KLINGELTE ES AN DER TÜR. Ich hatte ein ungutes, irgendwie aber auch aufgeregtes Gefühl. Eine Mischung aus Angst und Vorfreude auf die Dinge, die da kommen würden. Gestern Abend hatte ich meine alten Freunde aus der Schulzeit wiedergesehen. Zufällig war genau an diesem Tag Ingas Geburtstag gewesen, und ich hatte mich dazu eingeladen, so dass ich sie alle an einem Abend sah. Merle, ihren Freund, Inga und Noah.

Wir hatten uns in der Altstadt getroffen, wo wir in Ingas Lieblingsbar gegangen waren. Eigentlich hätte ich keinen Alkohol trinken sollen, wegen der Medikamente, doch ich machte eine Ausnahme, und bestellte mir einen Mojito. Zwar sagte ich meinen Freund*innen, was los war und dass ich gerade Medis nahm, doch richtig verstehen taten sie es nicht. Schon auf dem Weg in die Altstadt, den ich, in Erinnerungen schwelgend, komplett zu Fuß gegangen war, hatte ich ein Gefühl von Großartigkeit. Ein Gefühl, als ob in der Luft etwas lag, das von großen Ereignissen kündete. Ein Gefühl, dass alles, was mich umgab, und alles, was ich anfasste, tat und dachte, von besonderer, transzendenter Bedeutung war. Die Gedanken, die ich fasste, waren großartig, genial, und über allem erhaben.

Als ich durch den Hauptbahnhof lief – das war meine normale Route in die Altstadt – lief ich mitten in einen

Polizeieinsatz hinein. Im Nachhinein vermute ich, dass es hier in der Stadt ein Derby gab und deshalb so viel Bullerei anwesend war. Aber an diesem besagten, großartigen Tag, dachte ich, dass sie alle wegen mir hier waren. Ich dachte, dass sie mich schützen wollten, mich ganz allein, vor dem Bösen. Vor was genau, das wusste ich nicht, doch es musste wirklich schlimm sein – wirklich bösartig – wenn so viele Polizeikräfte mir Geleitschutz gaben.

Der Weg die Altstadt entlang war dann wunderschön. Oben, aufgehängt an über die Straße gespannten Seilen, hingen Lampenschirme aller Art. Große, kleine, neue, alte. Lampenschirme, die mit Stoff bespannt waren und in den herrlichsten Farben schimmerten. Lampenschirme, die Blumen und andere Muster aufwiesen, solche, deren Aussehen man nicht mehr genau bestimmen konnte, da sie so alt und oder kaputt waren. Es war einfach zauberhaft, unter diesen vielen kleinen Kunstwerken entlangzuwandeln und zu sehen, dass in allen Bars, Kneipen, Lokalen und Nachtcafés allein um meiner Willen Menschen tanzten, lachten und feierten. Die Menschen feierten, dass ich in diese meine Heimatstadt zurückgekehrt war. Ich, eine Tochter der Stadt, die ausgeflogen war. Eine Tochter, die nun zurück war, das Hirn voller Wissen, mit neuen Erkenntnissen und reifer und besser als je zuvor.

In dieser Stimmung ging ich also die Altstadt entlang, und verbrachte auch den Abend mit meinen alten Freunden in dieser Ausgelassenheit und Erhabenheit. Es war ein wunderschöner, heiterer und intensiver Abend. Ich weiß noch, dass ich draußen vor der Tür, an einer Häuserwand sitzend, mit Noah über unsere vergangene Beziehung sprach. Es war ein kurzes Gespräch, doch es war mir unheimlich wichtig, dieses Gespräch zu führen. Beziehungen zu beenden, ohne so etwas wie ein finales

Tschüss zu sagen, ohne die Dinge wirklich zu klären, ist unschön. Wir redeten, entschuldigten uns beieinander, und stellten die Dinge klar, die unklar geblieben waren.

Doch auch sonst war der Abend ein überaus guter. Schön, lustig und insgesamt so harmonisch, wie wir es meiner Meinung nach in dieser Konstellation nie zuvor gehabt haben. Auf der Straße trafen wir auch noch einige andere Menschen, mit denen ich früher zusammen zur Schule gegangen war. Ich freute mich, sie alle zu sehen, und ging offen und fröhlich auf sie zu. Ich glaube, ich war früher – zumindest nach außen hin – eine sehr andere Person als ich an diesem Abend gewesen bin. Ich galt immer als ruhige, schlaue Person. Eine Person, die zwar geschätzt und bewundert wurde, gleichzeitig aber wenig in sozialen Strukturen eingebunden war. Ich mochte diese freie und unabhängige Position, in der ich mich keiner Gruppe zugehörig fühlen musste.

Heute Abend aber war ich nicht die ruhige, zurückhaltende Person. Ich war erfüllt von Funken sprühender Freude, quoll über vor Glück, lachte und plapperte munter drauf los. Ich sprach mit allen, die mir gesprächsbereit erschienen, und freute mich, all diese Aufmerksamkeit und positive Resonanz zu bekommen. Ich weiß noch, dass mich zum Beispiel Jessica, ein kleines, hübsches, aber doch sehr cooles Mädchen – mittlerweile war sie eine junge Frau –, mit der ich von der fünften bis zur zwölften Klasse gemeinsam zur Schule gegangen war, ungläubig anblickte. Ich weiß nicht, ob sie einfach nur überrascht war, ob sie dieses – mein – neues (oder auch nur vorübergehendes) Ich mochte oder nicht.

War ich anstrengend und überdreht? Ich glaube nicht. Ich hatte einfach eine unendliche Energie und Freude in mir, und wollte sie am liebsten mit der ganzen Welt teilen.

Dieser Abend war der schönste Abend in meiner gesamten Zeit der Psychose.

ICH WAR ALSO ERST SPÄT NACH HAUSE GEKOMMEN. Ich hatte, irgendwann tagsüber, meine Mutter angerufen, weil ich bei einem Gang durch das Haus, der überaus aufregend und, aufgrund der diffusen, interessante Schatten werfenden Beleuchtung auch wirklich ästhetisch interessant war, Dinge entdeckt hatte, die ich mit zu mir nehmen wollte. Dies sollte mein letzter Gang durch das Haus sein, in dem ich aufgewachsen war, da meine Eltern in nur wenigen Wochen vollständig umziehen wollten.

Ich fand beispielsweise rote Lederschuhe, die meine Mutter wohl früher getragen hatte, und die ich nun wundertoll fand. Rote Lederschuhe – in ihnen konnte ich tanzen, bis die Sohlen durchgefetzt waren! Auch eine bunte Satteltasche – sie musste aus den siebziger oder achtziger Jahren sein – fand ich grandios. Dann ein selbstgemaltes Bild, ein Buch und bestimmt auch noch ein, zwei andere Sachen. Ich empfand das Haus – und, vor allem die Dinge, die sich darin befanden – als überaus ansprechend und künstlerisch wertvoll.

Während dieses Telefonats mit meiner Mutter hatte ich ihr also gesagt, dass ich an diesem Abend mit meinen Leuten aus der Schule in die Altstadt gehen wollte. Meine Mutter war – natürlich!? – besorgt gewesen, hatte mich daran erinnert, nicht zu viel Alkohol zu trinken (sie hatte „keinen Alkohol" gesagt) und mir das Versprechen abgerungen, spätestens um 2:00 Uhr wieder zu Hause zu sein – beziehungsweise, vielmehr hatte ich es ihr recht früh aus freien Stücken zugesagt und war selbst davon überzeugt, dass das gut sei. Ich war also auch um 2:00 Uhr nachts wieder zu Hause und legte mich – glücklich, aber vor allem müde – ins Bett und schlief sofort ein.

Beim frühen Aufwachen (zu dieser Zeit schlief ich im Schnitt nur fünf Stunden täglich) hatte ich ein ungutes Gefühl. Ich hatte das Gefühl, verfolgt zu werden. Ich wusste nicht, wer oder was mich verfolgte. Ich wusste nicht, warum es ausgerechnet mich verfolgte und nicht, warum ich überhaupt verfolgt wurde, aber ich wusste – oder meinte zumindest, es zu wissen –, *dass* mich etwas verfolgte. Ich hatte Angst, allein in diesem Haus zu sein, das so groß und, eben aufgrund dieser Größe, unüberschaubar war.

In dieser morgendlichen, ängstlichen und auch aufgeregten Stimmung klingelte es an der Haustür. Vor dem Aufmachen stellte ich mir die Frage, wer es nur sein könnte, und nahm – als Vorsichtsmaßnahme, um mich gegebenenfalls wehren zu können – ein Küchenmesser in die Hand. Dann öffnete ich die Haustür.

„Gut, dass du da bist!" rief ich, als ich meine Mutter erkannte. Keine Ahnung, warum sie nicht einfach selbst aufgeschlossen hat; vielleicht hatte sie ihren Schlüssel vergessen. „Gut, dass du da bist, um mich zu beschützen."

Mehr sagte ich erst mal nicht. Meine Mutter antwortete dann, dass sie gekommen sei, um mich abzuholen und mich mit in ihr neues Haus, das sie jetzt bereits bewohnte, nehmen wollte. Sie hatte Sorge um mich gehabt, außerdem sollte ich ja bereits in wenigen Tagen wieder ins IPZ, um dort diesen Nach- und Kontrolltermin zu machen.

„Wann wollen wir denn los?", fragte ich und die Antwort „So schnell wie möglich!" folgte. Also packte ich (es dauerte doch recht lange) meine Sachen, – meine Mutter packte derweil Essen ein. Ich hatte die letzten drei Tage, die ich hier alleine verbracht hatte, mir viel Mühe mit dem Kochen gegeben und immer genau das gekocht, worauf ich gerade Lust hatte. Vieles von dem war übergeblieben, zum Beispiel Pellkartoffeln mit Spinat, und Mutter packte die Essensreste ein, wie sie es auch früher immer gemacht hatte, als ich noch ein Kind gewesen bin und wir zusammen gereist waren. Gegen halb elf brachen wir dann auf. Wir kauften uns am Bahnhof ein wegen der Kurzfristigkeit natürlich völlig überteuertes Ticket und fuhren Richtung Norden.

Die Bahnfahrt war krass. Wobei, eigentlich habe ich sie als recht angenehm empfunden, aber meine Mutter hat mir im Nachhinein einmal gesagt, dass es für sie äußerst nervenaufreibend und Stress pur gewesen war. Ihre Nerven waren wohl gänzlich angespannt, weil sie ja gar nicht einschätzen konnte, was ich dachte und tat. Sie hatte beispielsweise Angst, dass ich an einer Station einfach ausstiege und nicht rechtzeitig wieder in den Zug einsteigen würde. Oder dass ich andere krude Dinge täte. Ich traf auf der Bahnfahrt tatsächlich einen Menschen, den ich – zumindest entfernt, das heißt, eigentlich nur vom Sehen – kannte, und sprach diese Person freudig an. Auch das konnte meine Mutter nicht nachvollziehen.

Mit uns im Waggon saß außerdem – ja, ich glaube es muss eine Art Kegelverein gewesen sein – eine Reisegruppe von ältlichen Frauen. Die ganze Zeit plapperten, quasselten, schwadronierten und schnackten sie miteinander, und ich empfand das jedenfalls in dem Moment als eigentlich sehr amüsant. Irgendwann holte meine Mama dann die Essensbox hervor, die sie eingepackt hatte – und die mit all dem vielen geschnittenen Gemüse und den belegten Broten schön bunt und überaus ansprechend und appetitlich aussah. Das kommentierten die Frauen mit einem „So, jetzt gibbet ersma wat zu futtern." und lächelten uns zu. Wir futterten dann auch, und vor allem ich ließ es mir richtig schmecken. Sonst war die

Bahnfahrt recht unspektakulär, vor allem aber, wie ich es empfand, schnell vorbei, und wir waren also irgendwann im neuen Haus meiner Eltern. Die folgenden Tage sind in meiner Erinnerung eine Mischung aus übermütterlicher Kontrolle, wodurch ich mich in meinem Handeln eingeschränkt fühlte, sowie Langeweile und abstruser Gedankenkonstrukte.

Donnerstag, 4. Oktober 2018

MEINE MUTTER BEGLEITETE MICH INS IPZ. Auf dem Weg dorthin wollte ich unbedingt noch bei Anton vorbei, um ihm den Schlüssel zu seiner Wohnung in den Briefkasten zu schmeißen. Für mich war das eine Geste des Aus; ein Schluss, ein Ende. Ich wollte nicht mehr länger an ihn gekettet sein; mich befreien. Es war ein Kraftstoß, mich aus dieser Beziehung zu lösen, aber auch ein Akt der Befreiung von Einengung und Unterdrückung.

Wir gingen also nebeneinander her, meine Mutter und ich. Meine Mutter kannte sich nicht aus, hier in meiner Stadt, und deshalb war es an mir, uns beide ins IPZ zu führen. Aber ich wollte noch den Abstecher zu Anton machen. Den Schlüssel loswerden. Er wohnte nicht allzu weit entfernt; der Umweg betrug maximal fünfzehn Minuten. Wollte ich klingeln? Wollte ich hoch, zu ihm? Nein. Ich wollte ihm nur, ohne einen weiteren Kommentar, den Schlüssel in den Briefkasten werfen; genau das wollte ich. Vor der Haustür angelangt aber stellte ich fest, dass die Briefkästen gar nicht draußen, sondern im Hausflur waren. Das zerstörte so etwas meinen Plan, beziehungsweise behinderte ihn stark. Zudem war meine Mutter recht angespannt.

„Rike! Wir kommen zu spät! Das hast du extra gemacht! Du bist nur hier lang gegangen, weil du nicht pünktlich kommen wolltest! Du willst gar nicht zu diesem Termin!"

Nein. Das stimmte nicht. Ich wollte den Schlüssel loswerden. Ich musste nicht unbedingt zu spät kommen.

Also, was tun? Ich griff in meine Hosentasche, holte den Schlüssel hervor und legte ihn rechts in die Ecke vor die Haustür. Ich wollte nicht in dieses Haus, wollte Anton auf keinen Fall begegnen.

„Das kannst du doch nicht machen!" hat meine Mutter bestimmt gesagt, oder vielleicht habe auch nur ich selber das gedacht, weil ich mir in dem Moment tatsächlich nicht sicher war, ob das jetzt so schlau war und ob der Schlüssel so nicht vielleicht – ungewollterweise – wegkäme. Wir ließen den Schlüssel dann aber so liegen, und stapften weiter unseres Weges. Im Park wählte ich extra einsame Wege über Wiesen und durchs Gebüsch, weil ich wusste, dass dort weniger Menschen hinkämen und sie sich so nicht mit den Bakterien ansteckten. Pflanzen waren hier sowieso Wundermittel, weil sie die Bakterien besser aufnahmen als totes Beton und so ein bisschen absorbierten.

Und – tatsächlich – wir waren dann zwölf Minuten zu spät.

VOR ORT: „BITTE WARTEN SIE."

Sitzen in der Wartehalle, mindestens eine halbe Stunde lang. Gut, dass wir nicht pünktlich gewesen waren. Ich hatte meine Tage und alles juckte und ich hatte diese blöde Infektion. Meine Mutter wollte nicht kapieren, dass es gefährlich für sie war, keinen Abstand von mir zu halten, weil sich die Bakterien dann viel schneller vermehrten und sie außer mir gerade die Einzige war, die diese Infektion übertrug. Ich desinfizierte mir ziemlich häufig die Hände, bestimmt alle drei Minuten.

Am Anfang sagte eine andere junge Frau, die ebenfalls mit ihrer Mutter da war, zu dieser: „Die sieht gar nicht verrückt aus." Nach den ersten paar Mal Desinfizieren dann aber: „Oh ja, doch."

Ich musste auf die Toilette und wollte nicht alles vollbluten. Ich wechselte extra oft den Platz, um meine Mutter zu schützen, aber sie kam mir immer nach. Irgendwann war es mir dann zu unangenehm, ich wollte der Situation entfliehen, und ich wollte aufs Klo. Ich stand auf und ging Richtung WC.

„Rike!" rief meine Mutter. Sie machte Anstalten, mir zu folgen. „Wo willst du denn hin?"

Sie schien völlig neben der Spur, gestresst, und der Situation nicht gewachsen. Mittlerweile ist mir bewusst, dass es für sie völlig überfordernd gewesen sein muss, weil sie ja gar nicht wusste, was mit mir abgeht. Sie hatte Angst, dass ich „irrationale" Dinge tat, und zusätzlich muss es ein ziemlicher Schock sein, plötzlich nicht mehr die gewohnte und lieb gewonnene Tochter, sondern eine scheinbar völlig andere Person vor sich zu haben. Aber das war mir in dem Moment überhaupt nicht bewusst, und ich fand ihr Verhalten mir gegenüber nur unglaublich nervig, anstrengend, aufdringlich und vor allem mir meine Autonomie absprechend.

Auf dem Klo war ich froh. Erstmal. Ruhe. Schön. Ich pinkelte dann auch und stellte fest, dass wirklich schon wieder alles blutig war. Im Park hatte ich meine Menstruationstasse hinter einem Gebüsch geleert und mir dann stattdessen ein Stofftaschentuch zwischen die Beine gesteckt. Ich holte das blutige Stofftaschentuch hervor. Was sollte ich machen? Das war doch jetzt erst recht kontaminiert! Blut hatte bestimmt die meisten Erreger! Irgendwie musste ich das loswerden. Vernichten. Eliminieren.

Und deshalb, weil ich dachte, dass es dort in den Weiten der Kläranlage am sichersten war und vor allem auch, dass ich damit irgendwie ein Zeichen an die Außenwelt senden könne, warf ich das blutrote Stofftaschentuch ins Klo und spülte ab. Zum Glück verstopfte die Toilette nicht. Hoffte ich zumindest, nachprüfen wollte ich es nicht, und ich verließ schnell das Örtchen.

Dann rannte ich raus. Ich hatte mich daran erinnert, dass hier auf dem Hof ganz viele Pflanzen wuchsen, und jetzt, hier, so einige Meter von meiner Mutter entfernt, konnte ich, wenn ich schnell genug war, möglichst viele Bakterien an Pflanzen abstreifen, ohne dass sie mir zu nahekam und sich selbst immer wieder neu infizierte und dadurch die Vermehrung der Bakterien so abnormal irre ankurbelte. Außerdem wollte ich der Situation entfliehen. Also raus. Raus. Raus, auf den Hof.

Meine Mutter sprang auf und rannte mir hinterher. Doch ich war schneller. War schon an der ersten Pflanze. Schnell Hände daran abwischen. An der zweiten. Auch hier Hände abwischen. Die dritte. Das Gesicht. Vierte. Ohren. Fünfte. Füße. Sechste. Beine. Arme. Finger. Hände. Alles! Alles!

„Was tust du Rike? Rike, was tust du?" sprach das furchtsame Mutterherz. 7/ Furchtsames Mutterherz.

Ich hatte Tränen in den Augen. Ich wollte sie doch nicht anstecken! Doch die blöde Kuh folgte mir die ganze Zeit, hatte keine Ahnung, und auch wenn ich sie ja schon irgendwie liebte, war sie gerade einfach unerträglich. Am Rande bemerkte ich die Schönheit der Blumen, doch ich bekam immer mehr Panik. Panik und Angst. Angst vor den Bakterien, der Krankheit, dem Verbreiten des Virus. Angst! Ich rannte zur P4b und hämmerte gegen die Tür der Station, die mein zu Hause war.

„Oh, hallo, Frau Lichtenberg", sagten sie, als sie nach meinem ruhelosen Hämmern die Tür öffneten. „Wir haben gerade über Sie gesprochen und überlegt, ob wir sie wieder auf der Station aufnehmen sollen." Drei vertraute Gesichter lächelten mich an.

„Bitte", sagte ich, fast flehend. Hier war ich geschützt Und so begann mein zweiter Aufenthalt im IPZ, nur wenige Tage, nachdem der erste geendet hatte.

Dritter Teil

Schmierpapier

Donnerstag, 4. Oktober 2018

ICH RANNTE UNTER DIE DUSCHE. Das erste, was ich tat, war, mir meine Kleider vom Leib zu reißen und die Dusche auf höchste Stufe zu stellen. Heiß und brennend schoss der Strahl aus dem Duschkopf. Ich stellte mich darunter, verbrannte mir fast die Haut – doch ich genoss es. Ich mochte die Kälte. Die Hitze. Das Extrem. Endlich konnte ich wieder spüren, dass ich einen Körper hatte. Etwas Physisches, Reales. Etwas, was wirklich da war. Endlich konnte ich wieder wissen, dass ich wirklich lebte. Ich ließ bestimmt mindestens zehn Minuten das heiße Wasser auf meinen Körper prasseln und lauschte dem Prasseln in meinen Ohren. Ich wusste, dass ich einen Parasiten hatte, der mich befallen hat. Vielleicht ein Fuchsbandwurm.

Schon zu Hause, bei meinen Eltern hatte ich alles abgewaschen. Alles, was ich angefasst hatte, mindestens zwei Mal. Einmal mit Seife, dann mit klarem Wasser abgespült, und dann die Treppe rauf bzw. runter in das andere Badezimmer gebracht und dort noch einmal abgewaschen. Das ganze Waschbecken hatte ich mit Wasser gefüllt, um möglichst viel abzukriegen. Ich weiß noch, dass ich eines der Haargummis, die ich so zu sterilisieren gehofft hatte, auf die mit rotem Leder bezogene Couch meiner Mutter gelegt hatte. Am Ende war dort ein weißer, runder Fleck. Ein Ring voller giftiger Bakterien. Es war also nicht möglich gewesen, die Sachen vollständig zu sterilisieren, also, steril zu machen. Ich musste sie raushängen. Kälte. Kälte konnte nur helfen. In der Nacht sollte es Minustemperaturen geben. Zum Glück besaßen meine Eltern einen Garten, in dem auch eine Tonne aus Metall stand. Da konnte ich meine Sachen reinstopfen. Ich tat das dann auch, lief in die Kälte in den Garten und zog mich komplett aus. All die Kleider, alles, was ich trug und berührt hatte, war kontaminiert! All das musste von der Seuche befreit werden, um diese vollständig auszurotten. Die Viren vermehrten sich rasend schnell, ihre Teilungsrate betrug 30 Einheiten pro Sekunde und war damit nahezu exponentiell. Nur ich konnte sie ausrotten!

Ich zog also meine Klamotten aus. Packte sie in einen Plastiksack, der im Garten rumlag. Ich drehte ihn ein paar Mal zu, um ihn gut zu verschließen, und stopfte diesen dann in besagte Metalltonne. Meine Kopfhörer, Handy, Portemonee, Schlüssel und alles, was ich sonst noch so in meinen Taschen gefunden hatte, hängte ich über die Balustrade vor dem Fenster. Und dann stieg ich unter die Dusche. Duschte, duschte, duschte, was das Zeug hielt. Ganz viel ganz heißes Wasser über meinen Körper. *Kaltes klares Wasser über meine Hände / Über meine Arme / Über meine Brust* singt Malaria. Bei mir war es das heiße Wasser, das mich rettete. Auch dieses Mal.

Langsam merkte ich, wie der Schmutz von mir wich. All der Dreck und all das Böse, das mich befallen hatte. Der Scherz, die Pein, die innere Zerrissenheit. Und vor allem die Bakterien. Die Bakterien gingen. Sie verließen meinen Körper, wurden einfach weggewaschen. Irgendwie hatte ich wie immer Glück und fand ein kleines Stück

Seife in einer (logischerweise) ebenso kleinen Plastik-schachtel. Ich öffnete sie und holte das Seifenstück her-vor. Ich schäumte die Seife auf, massierte meine Haare ein und beschäumte dann den Rest meines Körpers. Dann spülte ich mich noch einmal ab, diesmal mit nur lauwarmem Wasser, das tat gut. Am Ende stellte ich die Dusche noch einmal auf ganz kalt und brauste mich kurz ab. Dann tastete ich meinen Körper ab. Alles war sauber, die Haut glatt und weich. Nur zwischen den Pobacken, ganz oben, fand ich ein kleines, aber doch auffälliges dun-kel-fusseliges Klümpchen. Ich konnte nicht recht identi-fizieren, was es war, aber schließlich musste es wohl der Fuchsbandwurm sein. Der letzte Erreger. Oder vielleicht auch der erste. Selbst in der Dusche hatte mensch keine Ruhe! Das hätte mir eigentlich klar sein müssen, aber ir-gendwie überraschte es mich doch. Ich hatte bereits ge-ahnt, dass es sich hier um ein Genforschungslabor han-delte. Der Duschkopf war mit einer kleinen Kamera aus-gestattet, die schnarrte, wenn er und somit sie mit ihm die Position wechselte. Das mag sinnvoll gewesen sein, als letzte Überlebende im dritten Weltkrieg, die wir ja möglicherweise waren, aber schön fand ich es nicht, in der Dusche überwacht zu werden.

Ich konnte verstehen, dass die Menschheit bestehen bleiben wollte. Auch, wenn es letztlich niemanden, außer uns, die wir gerade lebten, interessierte, ob es uns gab oder nicht. Es gab es niemanden da draußen. All die Men-schen, die wir „retten" wollten, indem wir ihnen eine Zu-kunft ermöglichten, gab es ja noch gar nicht! Wir konnten also niemanden vor etwas „retten"; jemandem vom Tod befreien. Sondern wir verhafteten die Menschheit ein-fach zum Fortbestehen. Verhafteten immer neue Men-schen dazu, in die Existenz zu kommen und sich mit diesen grausamen, kleinen und großen Problemen auf dieser Welt zu befassen. Natürlich gab es auch schöne Seiten. Ganz viele sogar.

Wie gerne war ich doch immer spazieren gegangen. Hatte gelesen, geredet, gelacht. Hatte mich mit Freunden getroffen und Sex gehabt, ja, auch das hatte Spaß gemacht. Feiern, tanzen, Alkohol trinken. Draußen, in unendlicher Weite, mitten auf einer einsamen Düne zu stehen und den Wind brüllen zu hören. Möwen über den Himmel fliegen zu sehen und in der Ferne den Sonnenaufgang. Gänseschwärme, die in der Marsch saßen. Die lustig gackernd aufflogen, wenn man mit dem Fahrrad zu schnell an ihnen vorbeifuhr. Kiebitze, die ihren meckernden Ruf ausstießen, während sie sich mit ihren zarten, schwarz-weißen, wunderschön gefärbten Schwingen in die Luft erhoben. Essen, Musik, lange Nächte und baden mitten in der Nacht. Das war schön. Schön, ja, wirklich schön. Aber, es gab eben auch so viel Schlechtes. So viel Leiden und so viel Grau.

Die meisten Menschen zeigten nur Emotionen zwischen Freude, Neutralität, Trauer und Leid. Meistens zwischen Freude und Neutralität oder Neutralität und Leid. Aber all die vielen emotionalen Stufen zwischen Leid und Trauer, die kannten sie scheinbar gar nicht! Wussten nicht, wie scharf der bitter-süße Schmerz sein konnte, den man beim Anblick eines ehemals Geliebten empfand. Wussten nicht, was es bedeutet, diese innere Sehnsucht und das wunderbare, unerfüllbare Fernweh zu spüren, wenn sich nur endlos weite Wellen vor einem erstreckten.

Diesen Drang nach Freiheit, nach so viel mehr, wenn man das Tosen der Wellen neben sich hörte. Wassermassen, die auf einen einschlugen, wenn man in der Sturmflut badete. Der Verlust von einem Wissen um Zeit und

Ort, von oben und unten, rechts und links. Ganz aus der Zeit gerissen, ausgenommen, sich in einer Extremsituation be/findend, die auch Ersticken und Tod bedeutete.

Oder der Verlust des Wissens um Zeit und Ort, wenn man sich ganz im Moment verlor. Wenn man auf langen, langen Spaziergängen allein am Ufer entlang nach mehreren Stunden, in denen man keiner Menschenseele begegnet war, ganz zu sich selbst gefunden, sich mit der Natur vereint hatte und sich nicht mehr losgelöst von dieser, sondern als Teil des Großen und Ganzen wahrnahm.

Wenn man, beim Anblick der untergehenden Sonne, eine Träne vergoss, weil es so weh tat, diesen Augenblick zu verlieren aber auch, weil man selbst mit der gesamten Erde um die Wärme und Lebenskraft spendende Energie trauerte und die Schönheit dieses Himmelskörpers einfach überwältigend war. Weil man wusste, dass dieser Sonnenuntergang Unumkehrbarkeit bedeutete.

Endlichkeit. Doch auch: Ein Zurück. Ein Zurück in die „Normalität". Ein Zurück in die Welt der Anderen.

Ich kannte all diese Gefühle, das bildete ich mir zumindest ein. Das Fernweh, den Weltschmerz. Die Leidenschaft und die Wanderlust. Die Sehnsucht und das Verlangen. Die Müdigkeit, Kraftlosigkeit, innere Aufgebrauchtheit und Unruhe. Die Melancholie. Die Trauer. Die Depression. Den Schmerz.

Doch was ich nicht kannte, das war das Nichts. Das Nicht-Fühlen. Nicht-Hören. Nicht-Sehen. Nicht-Nachdenken; Nicht-Wahrnehmen; Nicht-Leben. Die Nicht-Existenz. Nicht-Existenz kann per Definition nicht existieren, und deshalb ist es auch nichts, wovor ich Angst zu haben brauche. Aber zu dem Zeitpunkt wusste ich noch nicht, dass eine postpsychotische Depression, die nach allen meinen Erlebnissen hier folgen sollte, genau das bedeutete: Nicht zu existieren innerhalb einer Welt, in der alles um eins herum sich vorerst auf seine eigene Existenz beruft. Nicht mehr zu existieren als eigenständige, selbstbewusste Persönlichkeit. Den Personenstatus, zumindest innerhalb meiner Definition desselben, irgendwie abgeben zu müssen.

Fokus. Noch einmal: Ich stand unter der Dusche. Wurde überwacht. Doch das machte mir nicht mehr so viel aus. Ein bisschen beängstigend war es schon, aber was sollte mensch machen. Die wussten schon, was sie taten, und wenn nicht: schaden konnte es mir gerade auch nicht wirklich. Ich wusste ja selber nicht, was Realität war und was Wahn. Vielleicht stimmte das ja mit den Überwachungskameras in den Duschköpfen auch gar nicht. Ich müsste mal eine der Pflegekräfte fragen.

„Hier wird nix überwacht." sagten sie. Die anderen meinten aber, nachdem ich Einzelnen das erzählt hatte, sie hätten auch das Gefühl. Ich wusste nicht, was Wirklichkeit war.

MAN HATTE MIR EXTRA EIN DRITTES BETT IN DAS ZIMMER GESTELLT. Es war derselbe Raum, in dem ich auch bei meinem ersten Aufenthalt stationiert gewesen war, und tatsächlich beruhigte mich das ungemein. „Aber wir sind gerade komplett belegt und haben auch nicht genug Personal!"

„Es ist ja nur für eine Nacht", hatte ich das Gespräch zwischen zwei Stationsmenschen mitbekommen. Nun war ich also hier, auf diesem Zimmer, mit zwei anderen Frauen, von denen eine tatsächlich Margarete war.

„Ich bin aber morgen weg", sagte sie, und ich fragte mich kurz, ob sie sterben müsse. Reinhold war auch noch da, obwohl er mir begeistert erzählte, dass er bald – in drei Wochen – einen Platz in der Klinik in Bremerhaven – „direkt am Meer!" – bekommen habe. Sonst hatte sich die Belegschaft ziemlich gewandelt, was ich – wie ich feststellte – irgendwie schade fand. In den zweieinhalb Wochen, die ich hier verbracht hatte, waren wir als Gruppe stark zusammengewachsen und hatten in unserer gemeinschaftlichen Absurdität doch irgendwie eine systemische Einheit gebildet.

Margarete war also am nächsten Tag weg und die andere Frau bald auch. Ich bekam eine neue, junge Nachbarin auf das nun unbesetzte Bett. Ich freute mich ein bisschen und war gespannt, wer es denn sein würde. Dann, ziemlich schnell, war Kara da. Kara war eine junge Frau Mitte Zwanzig, die äußerlich durch ihre langen, blonden Haare auffiel und einen dazu, wie ich fand, im Gegensatz stehenden doch recht burschikosen Look. Kara und ich begannen schnell, uns zu unterhalten – offensichtlich war sie ein sehr aufgeschlossener, kommunikativer Typ, und auch ich konnte eine Plaudertasche sein. Kara praktizierte auch Kampfkunst und mochte Mangas und Animes. Vor allem aber hatte sie, das erzählte sie mir an diesem besagten Abend, Mittelalterfeste für sich entdeckt sowie das Spielen von *Pen & Papers*.

Sie war hier, weil... – ja, so genau wusste sie es selber nicht, sagte sie – und wollte aber am liebsten schnellstmöglich wieder gehen. Sie hasste diese Enge hier. Diese Zwänge, diese Verpflichtungen, diese Regeln und Auflagen und auch die festen Essenszeiten. Dieses allmorgendliche Anstellen bei der „Body-Check"-Schlange, wo das Pflegepersonal sämtliche Körperwerte wie Blutdruck, Puls, Zucker von einem untersuchte.

Es hatte lange gedauert, bis ich mich damit abfinden konnte. Beziehungsweise anfangs hatte ich ja gar keine andere Option gehabt oder war dem nicht gefolgt (hatte mich nicht an diese Vorschriften gehalten), weil ich völlig aus der Realität geschossen war und diese hier geltenden

Strukturen gar nicht wahrgenommen habe. Aber jetzt, bei meinem zweiten Aufenthalt und mit einem deutlich klareren Kopf, als ich ihn damals hatte, bemerkte ich, wie beengend, einschränkend und ungewohnt das Ganze war. Ich wollte mich nicht eingrenzen lassen. Wollte nicht in meiner Freiheit beschränkt und von meiner eigenen Person entfremdet sein. Wollte nicht hier eingesperrt sein, abgesondert von der allgemein geteilten Wirklichkeit und der wahren Welt da draußen. Doch das, so sagte ich mir, ging vielleicht zu dem Zeitpunkt nicht anders.

Kara jedenfalls kam damit gar nicht klar. Sie hatte ein paar Salbeibonbons und pullenweise Apfelschorle gehortet, die sie immer auf ihr Kopfkissen goss. Warum weiß ich auch nicht; vermutlich irgendeine Art von Reinigung. Jedenfalls verstanden wir uns gut, und schon bald war ich überzeugt davon, dass sie mit ihrer Theorie der Apfelschorlenreinigung und der entsprechenden Praxis Recht haben musste. Aber wenn man damit das Kopfkissen (das heißt den Bezug) reinigen konnte, dann klappte das mit meinen Haaren sicherlich auch, dachte ich mir. Ich wusste, dass ich noch immer Läuse hatte, die waren auch bei der ausgiebigen und übertrieben heißen Dusche, bei der ich den Fuchsbandwurm besiegt hatte, nicht weggegangen. Aber, wenn ich mir ein Bonbon in die Haare klebte – zuvor ausreichend abgelutscht, versteht sich – dann musste das auf die Läuse quasi wie ein Magnet wirken und die würden sich dann alle ganz automatisch um dieses Zuckerstück versammeln, und, ehe sie sich versahen, unwiderruflich daran festgeklebt sein.

Gedacht, getan. Also lutschte ich eins der Rhababerbonbons (oder war es Salbei gewesen?), klebte es zwischen meine Haare wie ein kleines Krönchen mitten auf meinen Kopf, schüttete Apfelschorle auf das Kis-

sen und machte darauf einen Kopfstand, beziehungsweise aufgrund meines Unvermögens etwas, was dem
ziemlich nahe kam.

MEIN LIEBLINGSMITPATIENT war dann irgendwann nicht
mehr Reinhold, sondern Achmed. Achmed kam bei meinem zweiten Aufenthalt auf die geschützte Station, und
ich habe nie erfahren, was ihn hierhergebracht hat. Ich
glaube sogar, er war schon hier, als ich gekommen bin. Er
zeigte mir den Garten, noch einmal neu; so, wie er ihn
wahrnahm und ganz anders, als ich ihn bislang kennen-
gelernt hatte.

"Hast du einen Lieblingsplatz, Rike?" fragte er. "Weißt
du, ich folge ja immer der Sonne."

"Wie?", fragte ich und stellte mir vor, wie er mit dem
Flugzeug lange Reisen unternahm.

"Na, ich nehme mir einen der Stühle dort drüben und
stelle ihn immer genau da hin, wo sich gerade einer der
drei Flecken Sonne, die unsere Bäume hier durchlassen,
befindet. Meistens da, dort oder dort", sagte er, und
zeigte auf eine Stelle rechts neben der Tischtennisplatte,
eine zwischen den zwei Bäumen, zwischen denen man
gut eine Hängematte hätte spannen können, wie ich gerade feststellte, und eine noch etwas weiter links. Klar,
die Sonne wanderte den Tag über.

"Und... Wo sollen wir uns als erstes hinsetzten?",
fragte ich.

"Das musst du sagen!", sagte er. Ich nahm meine Tasse
Tee, die ich mir gerade frisch gemacht hatte, das Buch,
das ich gerade las, und ging zu dem Stuhlhaufen, um mir
einen davon zu nehmen. Andersrum wäre vielleicht
schlauer gewesen, aber was soll's. Doch Achmed erwies
sich als wahrer Gentleman. Er schnappte sich einfach

zwei der Stühle und trug sie, mir folgend, an den Sonnenplatz.

„Links oder rechts?" fragte er, und ich verstand sofort, dass er damit wissen wollte, wo ich sitzen möchte.

„Gegenüber find' ich gut", sagte ich, und er stellte die Stühle gegenüber hin, so dass wir beide jeweils einen Arm auf die Tischtennisplatte lehnen konnten. Buch und Teetasse nahm er mir auch aus der Hand und legte sie auf eben diese Platte. Dann aber hob er beides wieder auf und gab es mir zurück.

„Du weißt am besten, wie das da hingehört", sagte er.

„Recht hast du", sagte ich. Erst das Buch, nach links um 180 Grad umgedreht, so dass man den Titel nicht lesen konnte, und dann die Tasse mittig darauf. Der Henkel befand sich jetzt auf der rechten Seite, damit ich sie mit meiner Rechten direkt greifen konnte. Noch am selben Tag redeten wir im wahrsten Sinne der Floskel über Gott und die Welt.

„Glaubst du an Gott?", war das erste, was er mich fragte. Ich war erfreut und überrascht, hier im IPZ solch einen Menschen zu treffen, mit dem ich über bedeutendere Dinge sprechen konnte als die täglichen Klappsenkantinenkochkünste. Ich mochte die meisten meiner Mitpatient*innen zwar, aber bislang war jeder von mir gestartete Versuch, ein auch nur halbwegs philosophisches Gespräch zu führen, gescheitert – Uschi bildete da die einzige Ausnahme. Mit Achmed hatte ich einen Menschen gefunden, mit dem ich gemeinsam philosophieren und denken konnte.

„Wir sind ein ungleiches Paar: Ich so laut und auffällig wie ein Elefant im Porzellanladen und du solch ein Mauerblümchen", sagte er noch und ich lächelte im Stillen, weil die anderen, die schon etwas länger hier waren, mich sicherlich nicht als Mauerblümchen verstanden.

IRGENDWANN WAR KARA DANN VERSCHWUNDEN. Sie hatte ihre Sachen gepackt und war einfach gegangen. Einfach so. Ziemlich cool, fand ich (und finde es auch heute noch, wenn auch möglicherweise etwas unvernünftig). Jedenfalls hatte ich dann vorerst zwei Betten für mich. Zwei Betten, und drei Bettbezüge; das hieß ein ganzes Zimmer! Ich wusste, dass ich das nutzen musste, und das tat ich dann auch. Zwei Betten – das bedeutete doppelte Reinigung! Ich konnte erst das eine Kissen mit Apfelschorle beträufeln, meinen Kopf darin suhlen, und dann das andere präparieren und da mein ganzes Haar drin wälzen. Dann wieder das eine, das andere, und wieder zurück. Meine Haarspitzen, die Haare, den ganzen Kopf und weiter zurück zum Nächsten. Grandios, fand ich! Ja, das tat gut. Das tat wirklich gut. Ich merkte, wie die Läuse oder was das jetzt auch für Bakterien waren von meiner Kopfhaut rannten, zur Mitte hin, wo das Bonbon klebte, und sich dann langsam, ganz langsam, diesem süßen Stück Zucker, das sie wie ein Köder anzog, näherten. Sie wollten es haben, wollten es unbedingt. Wollten es sehen, schmecken, riechen fühlen, ganz in sich aufnehmen, inhalieren. Und dann – schwupps! – waren sie plötzlich gefangen. Am Köder festgeklebt; ganz in seinem Bann.

Dann konnte ich das Bonbon von mir ablösen, konnte es von meinen Haaren ziehen, ganz vorsichtig und dann in einem Ruck, damit möglichst viele Läuse mitkamen. Ich wusste nicht, wie viele es insgesamt waren, die da an meinem Körper klebten (saßen, sprangen, standen, krochen). Ich wusste aber, dass dies die einzig funktionierende und damit relevante Methode war. Irgendwann war ich dann damit fertig. Ich hatte beide Betten genutzt; die Bettwäsche zwischenzeitlich komplett abgezogen und auf das jeweils andere Bett wieder draufgemacht, und die dritte derweil auslüften und trocknen lassen. Nach etwa anderthalb Stunden kam dann der Pflegemensch rein.

„Warum haben Sie denn das andere Bett auch benutzt, Frau Lichtenberg?", fragte er.

„Ich fand das hygienischer", antwortete ich, von meiner eigenen Tat überzeugt.

Der Pfleger seufzte. „Ist es aber nicht. Frau Lichtenberg. Frau Lichtenberg, Frau Lichtenberg... Sie haben mir nur doppelte Arbeit gemacht!" Nun tat er mir tatsächlich ein wenig leid. Er schob das Bett aus der Ecke heraus; das hatte ich beim Wäschewechsel auch getan. Dann – und das war mir neu! – betätigte er mit dem linken Fuß einen Hebel unter dem Bett und ließ so das Kopfende in die Höhe fahren. „Ich weiß nicht, was soll es bedeuten...", äußerte er sich dabei halb murmelnd, halb singend, und ich frage mich bis heute, worauf er sich bezogen hat. Er krempelte sich die Ärmel hoch, so dass seine doch nicht allzu unkräftigen Muskeln zu Tage traten und begann, mit sicheren, großen Bewegungen, das Bett abzuziehen. Erst das Kopfkissen – dabei hatte ich gerade erst das Frischgelüftete draufgezogen; aber scheinbar kannte er nur ein Ganz-oder-Gar-Nicht – dann, und dabei zeigte sich, wie professionell und routiniert er war, die Bettdecke und schließlich, zu guter Letzt, das gesamte graue Bettlaken.

Kissen- und Deckenbezug waren gestreift. Grauweiße Nadelstreifen schmückten die beiden Stoffe. Das war bei aller Bettwäsche hier so, außer bei dem dritten Bettzeug – das, was meine Reinigungsaktion überhaupt erst möglich gemacht hatte. Dieses dritte Bettzeug war ein besonders Schönes; nicht grau-weiß gestreift wie die anderen, sondern blau-weiß und sogar ein roter, ganz kess-wagemutiger Streifen war darunter. Dieses hier aber war grau-weiß, Nadelstreifen, ich sagte es bereits, und daran wollen wir erst einmal festhalten.

Der Pfleger also zog das Bett ab. Zog es aus, riss den Stoff herunter, enthüllte das Innenleben ganz und ließ es nackt und schutzlos da. *Das Innerste geäußert und aufs Äußerste verinnerlicht.* Strippte das Bett ab; ja, machte zusammen mit diesem Bett ein Striptease, oh yeah!, dachte ich.

Ich schaute zu, wie er da fachmännisch rumarbeitete, mit seinen doch nicht allzu unkräftigen Muskeln zugange war. Er werkelte, wusackte, frickelte rum, malochte, hantierte. Er zog und tat, zückte und drückte. Fasste an, packte an, holte das ganze Zeug rein und raus. „Hau-Ruck!" sagte er, schmiss das Federkissen und auch die Decke auf den Boden und bezog die gesamte Matratzenlänge und alles, was dazu gehörte, neu. Dann ging alles ganz schnell. Kissen und Decke kamen an die Reihe, und bald war das gesamte Bett mit einem neuen Bezug versehen. Er ließ das Kopfende wieder runter – Trethebelbetätigung – und rollte das Bett an die Wand zurück. „Tschö", sagte er und verließ das Zimmer. Ich hatte mich gerade an seine Anwesenheit gewöhnt.

Als er weg war, war ich erst mal für ein paar Minuten ratlos. (Klassische Frage:) Was sollte ich jetzt tun? Die Reinigungsaktion war abgeschlossen und Kara war auch weg. Also packte ich mein Buch, machte mir eine Tasse Tee (diesmal war es Kamille!) und ging in den Garten. Ich liebte diese Teeauswahl! Den ganzen Tag konnte man das wohl-wärmende Gesöff zu sich nehmen, so viel man wollte und ohne Ende. Es gab immer heißes Wasser, und es gab eine große Auswahl an Teebeuteln. Von Schwarzem Tee, Grüntee, Rooibos, Kamille, Fenchel, Nierentee und noch noch spezielle Tees wie Erkältungs-, Nerven-

und Beruhigungstee oder Tee, der die Verdauung anregen sollte, wenn jemand gerade so etwas brauchte. Der Nerven- und Beruhigungstee war besonders lecker. Ich liebte diesen leicht-fruchtigen Geschmack von Zitronenmelisse, Minze, und Lavendel war auch dabei. Süßholz glaube ich auch ein bisschen – das konnte ich eigentlich gar nicht ausstehen! –, aber in dieser geringen Menge war es ganz akzeptabel.

Es gab also viele unterschiedliche Teesorten, und gerade hatte ich mir einen Kamillen-Tee gemacht. Das war mittlerweile mein Ritual geworden, beziehungsweise ich hatte es zu solch einem gemacht. Eine Tasse Tee, getrunken oben auf dem Treppenabsatz Richtung Garten. Ich saß dann auf diesem kleinen Mäuerchen auf dem obersten Plateau. Nachher, als ich wieder aus dem IPZ raus war, hatte ich mich so sehr an die Tassengröße dieser albernen „Wir helfen!"-Tassen gewöhnt, dass ich alle anderen Tassen entweder als zu groß oder aber als zu klein empfand. Meistens aber zu groß; diese hier waren mit ihrem Volumen bei einem Füllstand von Oberkante-Unterlippe von knapp 200 ml doch der kleineren Sorte zugehörig. Mit den Portionsgrößen beim Essen war es dasselbe und vor allem auch bei den festen Essens- und Schlafenszeiten! – Ja, der Mensch ist ein Gewohnheitstier.

ICH FÜHLTE ICH MICH UNWOHL AUF DER STATION. Ich ertrug es nicht, dass meine Mitpatient*innen mir ihre für mich nicht nachvollziehbare Wirklichkeit darstellten. Ich merkte, dass ich dazu tendierte, diese Ansichten zu übernehmen beziehungsweise sie mich in meiner Betrachtung der Welt beeinflussten und irritierten. Die einem gesunden Geiste innewohnende Prüfinstanz begann sich wiedereinzustellen. Als ich dies den Pfleger*innen mitteilte, sahen diese ihre Chance hierin, mich auf die offene

Station zu verlegen. Vielleicht gingen sie auch davon aus, dass dies tatsächlich besser für mich war.

„Frau Lichtenberg!", teilte Herr Koch mir eines Morgens bei der Visite mit einem Lächeln auf den Lippen mit, „Wir haben beschlossen, Sie am Montag auf die P3 zu verlegen!" Heute war Dienstag. Ich hatte also noch eine knappe Woche.

So weit, so gut. Jetzt aber, als ich nach dieser Information rausging und meinen Kamillentee trinken wollte, wurde diese mir lieb gewonnene Routine unterbrochen. Auf dem Rasenplatz unten im Garten waren Achmed und der Neue, der Sportler-Macker; künftig S-M genannt. Der S-M war gerade dabei, einige alte Bierbänke und -tische so hinzudrehen und aufzustellen, dass sie in ihrer Gesamtheit ein Parcours bildeten, über den man springen, hüpfen und laufen konnte.

„Hey, Rike! Willst du mitmachen?", rief Achmed mir zu. Ich war froh, dass er mich fragte. Ich hatte hier schon lange keinen richtigen Sport mehr gemacht; dieses Hin- und Hertänzeln auf den großen Gymnastikbällen unten im Kellerraum konnte man wohl kaum dazuzählen.

„Äh – ja gerne!", rief ich, schüttete das noch ziemlich heiße, wohltuende Gesöff in mich rein und lief die Stufen hinab, um mich den beiden anzuschließen. Der S-M begann gerade, sich aufzuwärmen, und auch Achmed und ich machten mit. Eine Runde, zwei Runden, drei Runden. Laufen um die Rasenfläche. Schön war das! Ich merkte aber auch, dass ich ziemlich schnell aus der Puste war, vor allem im Gegensatz zu früher, und wurde nach der dritten Runde bereits langsamer. Aber mein Wille hielt mich noch ein bisschen aufrecht.

Also, aufwärmen. Danach Parcours. Der S-M legte krass vor, indem er direkt über eine 1,50 Meter hohe Bierbank sprang. Das konnte ich glaube ich nicht; ich wollte es auch nicht versuchen. Ich nahm eine kleinere Hürde und übte mich im Slalom-Lauf. Achmed rannte derweil die Wände hoch (das tat er wirklich; fescher Typ!) und der S-M sprang weiter unbeirrt wie ein Hüpfpferd über Alles und Sämtliches, was sich zum Überspringen eignete. Ich hörte dann irgendwann auf, weil ich doch keine Lust mehr hatte, vielleicht war ich auch an meine Grenzen gekommen, und ging an den mir angestammten Tee-trink-Platz zurück. Dort machte ich dann etwas, was ich eigentlich nicht mehr machen wollte, und rauchte mit Heidi eine Zigarette. Aber es hat sich gelohnt, denn dort erzählte sie mir ihre Benzo-Geschichte.

„WEIßT DU ICH BIN BENZO-ABHÄNGIG", sagte sie. „Es gab mal eine Zeit, da ging es mir gar nicht gut. Drei kleine Kinder zu Hause, der Mann dauernd auf der Arbeit, den ganzen Haushalt alleine gemacht und nur Stress. Stress, Stress. Da wurde ich dann irgendwann depressiv; erst wutentbrannt und zornig (ich machte alles kaputt) und dann, dann machte ich plötzlich gar nichts mehr. Ich weiß nicht, ob du eine Depression kennst, aber ich habe dann immer weniger gemacht. Irgendwann habe ich dann sogar aufgehört zu duschen und mir die Zähne zu putzen, habe mir nur noch Nudeln mit Olivenöl zu essen gemacht und hing eigentlich den ganzen Tag nur im Bett rum. Mein Mann merkte das anfangs gar nicht – er war ja den ganzen Tag weg! –, aber irgendwann, als dann die Lehrerin bei uns anrief, dass die Kinder ja gar nicht mehr zur Schule und in den Kindergarten gingen, hat dann natürlich auch er was mitgekriegt. Ja, und der steckte mich dann hier in die Psychiatrie, ins IPZ. Damals war ich noch auf einer anderen Station, der P2. Die Depression war zum Glück schon nach wenigen Monaten geheilt, aber meine Schlafstörungen und der Dauer-Stress blieben. Ja, deshalb verschrieb man mir Benzos. Ich nahm die dann auch artig, und irgendwann wurde ich dann auch entlassen, aber hab sie dann nicht wie vorgeschrieben abgesetzt. Ich nahm sie einfach weiter; und irgendwann wirkte das Zeug nicht immer weniger und ich musste die Dosis immer weiter erhöhen. Naja, ich fragte dann Freunde und Bekannte, die in der Apotheke oder bei Ärzten arbeiteten, und so bekam ich dann auch meinen Stoff. Mehr und mehr; über drei Jahre bin ich von anfangs einer halben auf mittlerweile zwölf Tabletten pro Tag. Naja, meine Kinder entwickelten sich und wuchsen auch heran. Aber irgendwann sagte dann meine Tochter – sie ist mittlerweile 17 –: „Mama, so geht das nicht. Du bist tablettenabhängig, und das müssen wir ändern."

Erst wollte ich nicht; denn eigentlich war es doch ganz gut so, wie es war, aber der Gedanke reifte in meinem Kopf, und zwei, drei Wochen später, als ich auch mal durchgerechnet hatte, wie teuer das Zeug eigentlich war, war auch ich überzeugt, dass es so nicht weitergehen konnte, nicht weitergehend sollte. Ja, ich ließ mich erneut hier ins IPZ einweisen, diesmal hier auf die P4b, und meldete mich für einen Entzug an. Das ist hart, das kannst du dir sicherlich vorstellen, und jeden Tag vermisse ich diese kleinen runden Dinger, die mir einen so tiefen Schlaf schenken, doch auf Dauer kann das nicht so weitergehen und ich bin meiner Tochter sehr dankbar, da sie mich ja quasi hierhergebracht hat." Das erzählte sie mir und rauchte dabei zwei Zigaretten; eine nach der anderen.

Ich hörte ihr dankbar zu und nahm mir vor, auch ihre irgendwie doch so repräsentative Geschichte irgendwann, später einmal, aufzuschreiben.

AM NACHMITTAG WAR ACHMEDS FAMILIE DA. Sie saßen zu fünft draußen um den Tisch, an dem an einem noch lauwarmen Sommerabend vor gefühlt ewig langer Zeit die Menschen aus P4a gesessen und miteinander Marsianisch geredet hatten. Achmed, seine Freundin, seine Mutter, sein Vater und seine Schwester. Ich wusste nicht ganz, wie ich mich verhalten sollte als ich in den Garten ging, und grüßte zögernd.

„Setz dich doch zu uns, Rike!", sagte da Achmed. „Mama hat ganz viel Essen mitgebracht."

Und tatsächlich: Kaum saß ich, hievte seine Frau Mama zwei große Tüten auf den Tisch, aus denen sie dann etliche Tupperdosen und -boxen hervorholte. Nach und nach stellte sie die auf den Tisch und öffnete die Dosen. In der ersten war Hummus, selbst gemacht aus pürierten Kichererbsen, Sesammus und Knoblauch. Die nächste offenbarte kleine Tomaten und Scheiben von Salatgurke. Dann gab es in Marinade gebratenes Hähnchen, gebratene Paprika, Schafskäse und ebenfalls in Öl und ordentlich mit Kräutern angebratene Aubergine. Zu guter Letzt holte Achmeds Mama noch eine Tüte mit Backwaren hervor. Darunter waren Sesamkringel, Fladenbrot und noch viele weitere Brotarten, die ich bis zu dem Zeitpunkt nicht kannte. Ich war gerührt und überrumpelt von der Herzlichkeit, mit der mir die Menschen aus Achmeds Familie begegneten. Eine Herzlichkeit und Art von Liebe, Freundlichkeit, Offenheit, wie sie mir Menschen in meinem Leben in einer Großstadt selten entgegengebracht hatten. An dem Tag ging es mir nicht besonders gut, und es war genau das Richtige! Und: Wie lange war es her, dass ich etwas Anderes als dieses fade Essen aus der Klappsen-Kantine gegessen hatte!

Alle fielen über das Mitgebrachte her, und so hatte auch ich, die sonst immer Schwierigkeiten hatte, vor

„fremden" Menschen zu essen, keine Hemmungen, die Leckereien zu vertilgen. Die Familie plapperte munter drauf los, und obwohl ich nichts verstehen konnte, weil ich kein Türkisch sprach, freute ich mich mit ihnen und fiel in ihr häufiges Lachen ein. Ich mochte sie alle auf Anhieb, selbst wenn sie ganz anders als meine eigene Familie waren, und mit der Zeit begannen sowohl der Vater als auch die Freundin Achmeds ein Gespräch mit mir. Alle beide fanden es sehr interessant, dass ich Philosophie studierte, obwohl Achmeds Vater überzeugt war, dass diese Wissenschaft, wenn sich Philosophie denn als solche versteht, vielmehr vom Leben weg als zu ihm hin führe. Ich widersprach ihm da – erst weg, doch dann umso näher hin! –, und es entspannte sich, trotz Sprachbarrieren, ein ganz gutes Gespräch. Später spielten dann Achmed, seine Freundin und ich zusammen Federball und dann Tischtennis und es fühlte sich so vertraut an, als wäre ich ebenfalls schon immer Mitglied im Kreise dieser Menschen. Sie wurden schließlich ein bisschen so etwas wie meine Ersatzfamilie, kamen Achmed und mich im Schnitt alle zwei Tage besuchen und brachten immer reichlich und gutes Essen mit. Bei einem dieser gemeinsamen Essen aber sprach ich mit dem Vater dann mal über Achmed.

„Achmed soll nicht Philosophie studieren", sagte er da. „Irgendetwas Vernünftiges soll er machen. Schließlich muss Achmed später Frau und Kinder ernähren. Und mehr Religion soll er machen."

Ich stutzte und war überrascht über den krassen Kontrast, in dem diese Aussage zu der Offenheit und Toleranz stand, die ich bei der Familie erlebt hatte. Die Überzeugung, die er da geäußert hatte, konnte ich nicht teilen. Später sprach ich Achmed darauf an.

„Ja...", sagte er. „Das finde ich auch echt schwierig. Ich mag meine Familie, vor allem meine Mama liebe ich sehr, weil sie mir so viel gegeben hat und auch immer für mich da ist. Aber gleichzeitig versuchen sie, sehr viel in meinem Leben zu bestimmen beziehungsweise sind der Überzeugung, dass sie wissen, was das Beste für mich ist. Und obwohl sie das gar nicht böse meinen, sind sie traurig oder auch enttäuscht, wenn ich anders handle, als sie erwarten und sich wünschen. Ich fühle eine sehr starke Verbundenheit mit ihnen und auch zu unserer Religion, dem Islam. Aber im Grunde kann ich nicht glauben, was im Koran steht. Ich weiß nicht, ob ich überhaupt glauben kann. Aber es fühlt sich an wie Verrat an meiner Herkunft und an meiner Familie. Wenn ich konvertieren würde, wäre es, als würde ich die Bande, die ich zu meiner Familie habe, brechen. Als würde ich sie aktiv kappen und von mir stoßen. Und dann würde auch ich nicht mehr länger Teil dieser wertvollen Gemeinschaft sein."

„Und, ich glaube, mir ist Familie wichtiger als die Erfüllung meiner eigenen Wünsche", ergänzte er noch. Ich verstand, was er sagte. Ich war beeindruckt von diesen starken Worten, zugleich aber auch fasziniert und erschrocken, wie stark Achmed sich mit den Menschen, die dafür verantwortlich waren, dass er lebte, identifizierte. Natürlich: Sie hatten ihm das Leben gegeben. Wenn man gerne lebte, beziehungsweise religiös war, konnte man auch von „das Leben geschenkt" reden. Aber trotzdem war es irgendwie auch nur ein rein biologischer Prozess; Zellen, die neue Zellen hervorbringen; DNA, die sich vermehrt. Zeitgleich sind Eltern natürlich viel mehr als reine Erzeugende. Zumindest, wenn sie einen beim Aufwachsen begleiten, prägen und geben sie unheimlich viel. Aber auch das machen sie am Ende freiwillig und haben die

Konsequenzen, die es für sie bedeutet, ein Kind in die Welt zu setzen, im besten Falle im Vorhinein bedacht.

Sind wir nicht als Menschen immer auch Wirt für die DNA und diese das Eigentliche, was sich vermehrt? Und ist unser Hirn nicht nur ein Medium für den Parasit Geist, der hineinschlüpft und uns zum Denken zwingt?

Bin ich Geist, oder habe ich einen Geist?

ICH STELLTE DIESE FRAGEN ACHMED und ich erzählte auch ihm von der Ethik der Quantität. Er folgte mir, aufmerksam, und setzte irgendwann selbst zu einer wohl überlegten Gegenrede ein.

„Weißt du, Rike. Ich kann verstehen, was du meinst, und ich hab auch mal so gedacht. In meiner Pubertät waren das auch meine Gedanken; und ich meine damit jetzt nicht, dass ich gedanklich weiter bin als du oder so. Aber mit der Zeit hat sich meine Einstellung dazu geändert. Vielleicht weil ich feige geworden bin, vielleicht weil es mir zu anstrengend ist, so zu leben, wie du es tust. Man eckt auf jeden Fall öfter an. Aber für mich kommt es mittlerweile nicht mehr darauf an, möglichst viele Erfahrungen zu sammeln. Ich möchte nicht willkürlich Dinge tun und erleben, ohne deren Folgen und Auswirkungen zu betrachten. Ich meine, es gibt Unterschiede in der Qualität von Erfahrungen. Einige sind hochwertiger und andere sind weniger wertvoll. Worauf es mir ankommt, ist, qualitativ möglichst hochwertige Erfahrungen zu machen. Meine Lebenszeit ist begrenzt, und gerade deshalb muss ich auswählen, was ich erfahren möchte. Ich möchte nicht ständig gestresst von einer Erfahrung in eine andere laufen, sondern mir Zeit für die Dinge nehmen, die ich letztlich tue. Denn dann, so denke ich, sind Erfahrungen wirklich intensiv.

Weißt du, Rike, bei dir ist alles gleichwertig. Und dadurch mag es dir auch egal erscheinen, was du letztendlich unter all den Möglichkeiten tust. Aber tatsächlich bleiben unsere Handlungen ja nicht folgenlos, sondern ihre Auswirkungen betreffen reale Personen. Und, da stimmst du mir sicherlich zu, manche dieser Auswirkungen sind mehr und andere weniger wünschenswert. Du hast gesagt, alle Gefühle sind wertvoll oder gar indifferent und machen damit keinen qualitativen Unterschied. Das ist aber – und entschuldige diese Absolutheit – einfach falsch. Natürlich möchte ich glücklich sein, so wie du im Grunde ja auch. Aber um glücklich sein zu können, zufrieden, mit mir selbst im Reinen und nicht irgendwie innerlich gespalten, muss ich ein aufrichtiges Leben führen. Ein ethisches Leben. Ein Leben, in dem ich da bin für die Menschen, die mir nahestehen, und sie auf ihrem Weg unterstütze, mit all der Kraft, die ich dafür aufbringen kann. Für mich gilt es deshalb, Erfahrungen zu machen, die mich selbst in einen Zustand der inneren Zufriedenheit und Ausgeglichenheit bringen, und, wenn möglich, meine Handlungen so auszurichten, dass sie diesen Zustand ebenfalls bei anderen Personen hervorbringen können. Das mag nach außen hin wie Langsamkeit oder Weltfremdheit erscheinen, und ich kann bestimmt nicht so viele verschiedene Dinge tun wie du, Rike, aber es ist ein Zustand von Ruhe und Gelassenheit, der wundervoll und nicht zerstörend, sondern erschaffend und das Glück vermehrend ist. Und die Erfahrungen, die ich mache, sind dadurch in ihrer Bewusstheit vielleicht umso intensiver. Um deiner Wortwahl zu folgen: Ich vertrete eine Ethik der Qualität."

Da hatte ich erst mal dran zu knabbern.

Achmed begann, Papierkügelchen aus einseitig bedrucktem Papier zu basteln und damit auf einen etwa zwei Meter entfernten Aschenbecher zu zielen. Bevor er aufstand gab er mir eins und sagte, ich solle es ihm wiedergeben, wenn ich auf der anderen Station bin und wir uns das nächste Mal sehen. Ich habe es nicht getan. Es wurde Sonntagabend und ich packte meine sieben Sachen und verließ, prompt am Montag nach dem Mittagessen, die Station.

ICH WURDE AUF P3 GEFÜHRT. Die Station war größer, wirkte aber insgesamt viel unpersönlicher und anonymer als die P4b. Ein bisschen so, wie wenn man aus der Kinderstation eines Krankenhauses in die „normale" Erwachsenen-Station kommt. Hier war gar nicht mal so viel los; ich weiß nicht, wo die Insassen aller Geschlechter waren.

„Hier ist ihr Zimmer, Frau Lichtenberg", sagte man mir und führte mich in einen Raum, der fast direkt gegenüber dem der Pfleger*innen lag. „Ich bin gleich weg!", sagte eine alte verhutzelte Frau, die noch auf dem Bett saß und ein paar Dinge packte. Schon wieder kein Fensterbett! Ich stellte meinen bunten, sehr lieb gewonnenen Rucksack in dem Zimmer ab und ging auf Erkundungstour. Im Essensraum, der hier nicht aus einer langen Tafel mit vielen Stühlen drum herum bestand, sondern aus vier Tischreihen mit jeweils acht Sitzplätzen saß ein einzelner Mensch und spielte irgendetwas an seinem Handy.

„Hallo.", sagte ich, als er aufblickte.

„Hey", sagte er. „Ich bin Ulf. Du bist neu hier, oder?"

„Ja. Ich war vorher auf der geschlossenen."

„Ah, okay. Ja, hier ist es schon ein bisschen schöner. Man kann kommen und gehen, wann man will, wenn man sich vorher bei den Pflegern abmeldet. Ah, und anmelden sollte man sich auch wieder, wenn man wieder da ist. Wie heißt du?"

„Rike...", sagte ich. „Was spielst du denn gerade?"

„Oh – Solitaire", sagte er. „Normalerweise spiele ich nicht beziehungsweise habe eigentlich gar keine Zeit dafür, aber hier hat man ja nichts zu tun, und ich habe festgestellt, dass so die Zeit ganz gut rum geht. Und ein bisschen Spaß macht es auch."

„Mh", machte ich und konnte mir eigentlich nicht vorstellen, dass mit dem Smartphone die Zeit totzuschlagen besonders wertvoll für die Genesung war. Aber er hatte schon Recht: Die Zeit kroch hier wirklich wie eine lahmende Nacktschnecke auf einem Schotterfeld dahin. Ich schneidersetzte mich nieder und überlegte, was ich denn nun tun sollte. Es war 13:02 Uhr. Ich hatte bereits alles getan, was ich heute tun wollte, und alles, was jetzt noch kommen würde, wäre ein reines Totschlagen von Zeit. Im Gegensatz zu vorher hatte ich hier weder interessante Gedankengänge, die mich bechäftigten, noch gab es andere Menschen, mit denen ich meine Zeit verbringen wollte. 13 Uhr im IPZ, und im Prinzip konnte man schlafen gehen.

Ich sah im Raum umher. Draußen war zwar schönstes Sonnenlicht; aber weniger langweilig war das nicht. Eigentlich hatte ich Lust, mit Menschen zu reden, aber irgendwie hatte ich überhaupt keine Lust mehr, mich noch auf weitere *neue* Menschen einzulassen; nicht schon wieder. Ich wollte hier sowieso nicht lange bleiben, sondern so schnell wie möglich diesen Ort verlassen; so lange konnte das ja hier, wenn ich jetzt schon auf der offenen Station war, nicht mehr dauern. Und wenn ich Glück hatte, konnte ich wieder ein paar Dinge ‚draußen' machen. Das Semester hatte vor einer Woche angefangen; eventuell konnte ich sogar zu ein paar Seminaren oder zumindest zu Vorlesungen gehen! Das sollte eigentlich klappen. Und Kampfkunst wollte ich doch schon seit langer Zeit wieder machen!

„Machen Sie das, Frau Lichtenberg. Gehen Sie zum Training! Regelmäßige Termine sind wichtig; und dann können sie sich schon mal langsam, ganz langsam, wieder an das Leben gewöhnen."

Ja. Ganz langsam...

Das schien hier sowieso die Devise zu sein. Hier auf der Offenen war sogar alles noch langsamer. Auf P4b hatte man wenigstens regelmäßig direkten Kontakt mit den Pflegekräften und Ärzt*innen; aber hier, auf der Offenen, wo ja alles ach so frei war, kam der Oberarzt nur einmal die Woche vorbei. Sonst gab es nur noch einen weiteren wöchentlichen Termin, an dem man sich wirklich fachmenschlich mit den Patientinnen und Patienten beschäftigte. Das Gefühl, einfach nur verwahrt zu werden, war hier immens. Aber all das wurde ich erst in den folgenden Tagen wirklich gewahr. Gerade sah ich einfach nur im Raum umher und überlegte, wie ich die Zeit rumkriegen sollte. Ich war noch einmal rausgegangen und hatte zufällig kurz Zula getroffen, aber er war mit einer anderen Person in ein Gespräch vertieft und wirkte nicht so, als ob er sich besonders freute, mich zu sehen. Er kannte wohl genug Menschen hier.

Der Hof, auf dem ich mich jetzt bewegen konnte, war lange nicht so schön wie unser Garten stellte ich fest. Zwar ebenfalls größer, aber sehr viel Asphalt, unterbrochen immer nur von kleinen Rasenflächen mit ein paar Bäumen darauf. Aber es gab Apfelbäume! Und frische Äpfel, die reif waren und wirklich lecker! Endlich ein bisschen mehr frisches Obst. Krass, wie spät im Jahr es schon war. Ich war jetzt bereits fast anderthalb Monate hier. Es war Spätsommer gewesen, als ich das erste Mal reingekommen war, und jetzt war es schon Mitte Oktober. In den nächsten Wochen bin ich noch häufig über den Hof gegangen und habe dabei mit einer Freundin telefoniert, mit einer anderen Sprachnachrichten ausgtauscht oder saß ganz oben auf einer Feuertreppe und aß mein vom Abendbrot übrig gebliebenes Knäckebrot.

Zurück. Ich sah mich um. Was ich entdeckte, und was ich mir am ehesten vorstellen konnte, in den nächsten Stunden zu tun, war ein Malbuch zum Ausmalen. Da waren ganz viele Bilder drin, zum Beispiel Schmetterlinge auf einer Blumenwiese, und die einzelnen Flächen waren mit verschieden Zahlen, denen jeweils eine bestimmte Farbe zugeordnet war, versehen. Man brauchte also nur ganz stumpfsinnig die Zahl zu lesen, nachzuschauen, welche Farbe das sein sollte, und Fläche dann entsprechend farbig ausmalen. Nicht mal nachdenken, welche Farbe ich nehmen wollte, brauchte ich. Ich fühlte mich auf das Niveau einer Fünfjährigen zurückgesetzt; dabei war ich selbst in dem Alter deutlich kreativer gewesen.

Vielleicht sollte ich das Ganze eher unter einem meditativen Aspekt betrachten. Ich konnte mir enorm viel Zeit lassen, die einzelnen Flächen auszumalen und probieren, besonders ordentlich zu sein. Konnte versuchen, nicht über die Ränder malen und den Buntstift immer gleichmäßig stark aufzudrücken. Schön gleichmäßig und ordentlich sollte das sein. So brauchte ich besonders lange und konnte versuchen, mich dabei irgendwie zu entspannen. Besonders angespannt oder gestresst fühlte ich mich zwar nicht, und ich hätte lieber zumindest etwas ein bisschen Aufregenderes gemacht, aber weiterhin galt die Devise: „Langsam, ganz langsam, Frau Lichtenberg. Überfordern Sie sich nicht."

Ich fand dann auch ein bisschen Gefallen an dem Ganzen (vermutlich so, wie Ulf „ein bisschen Spaß" an Solitaire gefunden hatte) und malte in den folgenden Tagen bestimmt noch drei, vier dieser Bilder aus. Tatsächlich war ich einmalig ordentlich und mich an die Vorgaben haltend.

Mir wurde ans Herz gelegt, doch an den vom IPZ angebotenen Therapiemaßnahmen teilzunehmen – das war so etwas wie Ergotherapie, Kneippen oder Bewegungsangebote. Die Angebote waren vor allem anspruchslos, damit jede*r mitmachen konnte, aber boten immerhin ein wenig Abwechslung. Eine Teilnahme daran hieß, zu festen Uhrzeiten an bestimmten Orten zu sein – das fiel mir schwer. Die Standardtherapie war scheinbar das Kneippen. Das bedeutete, dass man sich allmorgendlich um 6 Uhr aus dem Bett quälen musste, damit man schön fit und frisch in den Tag starten konnte – auch, wenn es die nächsten sechs Stunden bis zum Mittagessen nichts zu tun gab.

ALSO: AUFSTEHEN MORGENS UM 6. „So", sagte die Frau, die sich als die Dynamik in Person ausgab. Kurze Haare, Bürstenschnitt, der Körper drahtig-stählern. „Also, Frau Lichtenberg. Insgesamt machen wir drei Runden. Zuerst laufen Sie, etwa ein bis zwei Minuten, durch das Wasserbecken dort vorne."
Ich blickte in die von ihr ausgewiesene Richtung und sah, wie eben eine junge Frau, zumindest äußerlich vielmehr einem Mädchen gleichend, ihre spindeldürren Beine über den Beckenrand schwang.

„Dann verlassen Sie das Becken, trocknen ihre Füße ab, nehmen einen der dafür vorgesehenen Eimer und füllen ihn mit heißem Wasser. Sie können sich gleich schon mal auf einen der Stühle setzen", sie wies auf eine Reihe weißer, billiger Plastikstühle, die in Kombination mit den eher schwimmbad-typischen gekachelten Fliesen wirklich ein armseliges Bild abgaben.

„Sie suchen sich also einen Stuhl aus, tragen ihren Wassereimer dorthin und stellen ihn vor die Stuhlbeine ab, so dass ihre eigenen Beine bequem hineinstellen können, wenn sie auf dem Stuhl sitzen. So sollten sie dann ebenfalls einige Minuten sitzen bleiben, maximal aber fünf, sonst gewöhnt sich der Körper an die Wärme."

Ich hatte den Eindruck, dass die Anwesenden deutlich länger als die vorgeschriebenen fünf Minuten in ihren Wasserbottichen steckten, den Popo auf den kalten Plastikstuhl gedrückt. Das war dennoch der deutlich angenehmere Teil. „Wenn Sie damit durch sind, leeren Sie ihren Eimer wieder in einem der Ausgüsse im Boden, stellen ihn zurück und gehen dann erneut in das Kneipp-Becken. Drei, vier Runden rum, schön langsam, damit der Kreislauf nicht überlastet wird. Das wiederholen Sie dann noch zwei Mal, und wenn Sie fertig sind, können Sie zu mir kommen und kriegen einen Stempel. Wenn Sie zwischendurch Fragen haben, kommen Sie einfach zu mir, ich sitze dort drüben."

Ich hatte kein Fragen mehr. Die Erklärung war ausführlich genug gewesen; vermutlich hätte auch eine Fünfjährige sie verstanden. Ich dachte, dass ich langsam hier raus müsste. Meine Denkleistung war wieder zurückgekehrt, und nun war ich hier eingesperrt zwischen all den schlurfenden, geistig nicht anwesenden Gestalten. Körper, die sich durch die Tage schleppten, nicht mehr als wandelnde Bäume. Klar war es richtig, die Sachen so zu erklären, dass jeder sie verstand. Aber ich kam mir so unglaublich unterfordert vor.

„Überfordern Sie sich nicht! Unterforderung ist auch nicht gut, aber auf alle Fälle überfordern Sie sich nicht", hatte Dr. Koch gesagt. Überfordert wurde ich hier sicherlich nicht.

Ich sah auf die Uhr. 14:43 Uhr. Der Tag war für mich gelaufen.

„Nehmen Sie doch auch an den Therapiemaßnahmen teil, Frau Lichtenberg. Das ist gut für die Patienten. Und, dann kriegen Sie auch einen Stempel auf ihrer Papierkarte.“

Ja, genau das war es, was ich wollte. Einen Stempel auf dieser gottverdammten labbrigen Papierkarte!

++

... Trainieren Sie Ihr Gehirn!

++

AN EINEM NICHT MEHR ODER WENIGER SCHÖNEN MONTAGMORGEN (ich glaube, es war Montag) sah ich Lynn wieder. Ich begegnete ihr im Essensraum. Auch sie hatte eines dieser grau-weiß gefleckten Tabletts vor sich stehen, die wir uns, immer schön dem anheftenden Zettelchen mit unserem Namen und der „Bestellung“ entsprechend (2x Graubrot, 1x Käse, 1x Quark, 1x Obst zum Beispiel), pünktlich zu den Mahlzeiten aus dem zuvor angelieferten Essenswagen nahmen. Ich nahm mir also das Tablett mit der Aufschrift „Rike Lichtenberg“ vom Wagen, eigentlich, für einen Tag im IPZ, ganz gut gelaunt, und setzte mich auf einen freien Platz. Erst, als ich mich bereits niedergesetzt hatte, bemerkte ich, dass Lynn mir nur einen Platz weiter rechts gegenübersaß. Sie saß da, vor ihrem Tablett – und stierte vor sich hin. Ich grüßte sie, ein wenig verunsichert. Sie grüßte nicht zurück, sondern schien in ihrem eigenen Film zu sein. Der Ausdruck ihres Gesichts war mir unheimlich fremd und abwesend. Vielleicht habe ich auch zu leise gesprochen und sie hatte mich tatsächlich nicht bemerkt, aber das glaubte ich eigentlich nicht. Ich wusste gar nicht, dass sie auch auf dieser Station war. Irgendetwas musste sie stark verändert haben - statt der fröhlichen Besonnenheit, die sie immer mal wieder auf der P4b ausgestrahlt hatte, wirkte sie nun zutiefst ernst, angespannt, und überhaupt nicht lebensfroh. Was war passiert?

Ich glaube, wir haben uns beide verändert. Es waren die Medikamente, die einen ruhig stellten. Es war die triste Langeweile. Es war der Umstand, hier so lange als unfreie Nicht-Person verweilen zu müssen, der einem sämtliche Energie und Lebensfreude stahl. Es war der Vorwurf, verrückt zu sein, den du, um hier rauszukommen, früher oder später übernehmen musst und das Bekämpfen dieser attestierten Verrücktheit, das dich zwangsläufig zu einer Distanzierung von dir selbst führt.

Irgendwann entließ man mich in meine mittelgroße Depression entlassen.

Ich will nicht mehr. Nicht mehr hierbleiben, nicht mehr weg.   Resignation.
Was soll dieses Leben?

Hinschleppen, alle zwei Woche. Spritze in den oberen Arschmuskel. Anderthalb Stunden warten und sich dabei über Selbstmordbrücken informieren. Ausgeliefert sein.

Vorbeilaufen am grüßenden Pförtner.

Zuhause rumliegen. Tagelang, und die Decke anstarren. Mein Rücken tut weh und ich habe Kopfschmerzen.

Ich esse Nudeln mit Öl, weil ich nichts anderes dahabe.
(Merkt denn keiner was?)

Ab und an Besuche von Anton. Ich will mich immer nur in ihm verkriechen. Die einzige Person, die mich regelmäßig besucht. Abhängigkeit, so eine starke Abhängigkeit. Ermunterungsversuche durch Sex. Ich lasse es geschehen.

Bohrende Fragen. Fragen, auf die ich keine Antwort weiß. In die Ecke gedrängt.

Und wieder die Spritze.

Zu Hause rumliegen. Stumpfe Stumpfsinnigkeit.
Alles surreal. Lebe ich?

*
*   *

Nachwort

Psychische Krankheiten, und gerade auch Psychosen, sind keine Seltenheit in unserer Gesellschaft. Ein bis zwei Prozent der deutschen Gesamtbevölkerung erkrankt in ihrem Leben mindestens einmal an einer Psychose, knapp ein Drittel aller Menschen war schon einmal in ambulanter oder stationärer psychiatrischer Behandlung.

Dennoch werden psychische Krankheiten in unserer Gesellschaft in weiten Kreisen noch immer tabuisiert. Diese fehlende Auseinandersetzung und das damit einhergehende mangelnde Wissen über die Materie führt dazu, dass der Umgang mit psychischen Erkrankungen sowohl für Betroffene als auch für deren Mitmenschen schwierig ist und immer eine Herausforderung darstellt.

Psychosen können von den Betroffenen ganz unterschiedlich bewertet werden. Gemeinsam ist ihnen, dass die betroffene Person im Vergleich zu einem in der Mehrheitsgesellschaft als „normal" geltenden Menschen eine abweichende (Selbst-)Wahrnehmung besitzt. Verhalten und Gedanken der Person entsprechen also nicht den an sie herangetragenen Erwartungen. Eine Psychose kann aber auch – und so scheint Rike zumindest anfangs ihre Krankheit zu empfinden – durchaus als spannend und interessant wahrgenommen werden.

Rikes Psychose wird als „multifaktoriell bedingt" eingeordnet. Von Teilen ihres Umfelds erfolgt der hilflose Versuch, jegliches Verhalten der letzten Jahre vor Krankheitsausbruch auf eben Krankheit zurückzuführen. Dies vermischt Ursachen, Symptome und Folgen und verhindert somit die Möglichkeit der Erkenntnis der tatsächlich ausschlaggebenden Faktoren und damit auch die Möglichkeit der Änderung entsprechend toxischer Zustände und Verhaltensmuster. Die Suche der Ursachen aber muss in der Lebensrealität der betroffenen Person erfolgen.

Rike hat sich auf einer Station für Suchterkrankte wiedergefunden. Hier kommt sie nur alle drei Tage mit einem speziell ausgebildeten Arzt in Kontakt. Die Überlastung und fehlende staatliche Unterstützung ist auch hier unübersehbar. Rike werden vor allem kostspielige Medikamente verabreicht, um diese Irrfahrt zu beenden. Weil es niemanden gibt, der ihr diese - nun in Form einer zweiwöchigen Spritze - bei einer Entlassung weiter verabreichen kann, ist sie gezwungen, wenn sie die Medikation nicht abbrechen oder erneut auf Tabletten umsteigen möchte, weiter im Integrativen Psychatrie-Zentrum zu bleiben.

Wenn sich die Wahrnehmung einer Person nahezu schlagartig verändert hat, wirft dies auch die Frage auf, inwiefern die zumeist als selbstverständlich anerkannte und als solche häufig auch akzeptierte und allgemein geteilte Vorstellung von Welt überhaupt anders als individuell und damit subjektiv betrachtet werden kann. Taten und Handlungen, die eine psychisch anormale Person vollführt, erscheinen für Menschen die nicht in diesem speziellen Bezugssystem leben irrational und unlogisch, das heißt „verrückt". Dennoch ergeben alle Handlungen und Überlegungen unter den Prämissen und Annahmen, die eine Person in einer Psychose trifft, in der von ihr wahrgenommenen Wirklichkeit Sinn.

Dieses Werk versucht, ergänzt durch philosophische und auch psychologische Referenzen, diesen Fragen von Wahrheit, Wirklichkeit und Selbst näher zu kommen und das Ereignis einer Psychose zumindest ansatzweise auch in einen größeren Kontext einzuordnen. Einen Umgang damit zu finden, wenn das Selbst plötzlich ein anderes ist, als das, was wir erkannt zu haben glauben, stellt eine Herausforderung dar, die angenommen werden sollte.

Anhang

Oktober 2018

Der Mann im Gartenhaus

Es war einmal ein Mann. Der Mann hatte drei Katzen, die er sehr liebte. Die Katzen hießen Uschi, Thomson und Cider. Uschi war eine dicke, schwarz-weißgescheckte Katze. Sie aß gerne Katzenleckerlis und saß, wenn die Sonne schien, auf der Fensterbank, um sich von den Strahlen wärmen zu lassen. Thomson war ein schlanker, roter Kater. Die meiste Zeit streunte er durch die Gegend und jagte sein Fressen selbst. Cider war eine kleine, graue Katze. Sie hatte das flauschigste Fell von allen und liebte es, von dem Mann gekrault zu werden. Auch der Mann liebte seine Katzen über alles. Sie konnten ihm Nähe und Geborgenheit geben, wie es sonst niemand tat. Sie warteten auf ihn und freuten sich, wenn er nach Hause kam. Und trotzdem hatten alle drei einen eigenen Charakter, was der Mann so an ihnen schätzte. Er wohnte in einer Gartenlaube in einem Schrebergarten. Er war ein armer Mann, so dass er hauptsächlich von der Hand in den Mund lebte. Eines Tages – der Mann spülte gerade das Geschirr, von dem er gegessen hatte – wurde ihm plötzlich schwindelig. Ihm wurde schwarz vor den Augen und er fiel zu Boden, wobei er sich das linke Knie aufschlug. Der Mann kam ins Krankenhaus. Hier blieb er ganze drei

Wochen lang. Das Einzige, was er dabei hatte, als er eingeliefert wurde, war ein Fotoalbum. Ein Fotoalbum mit den Fotos seiner drei Katzen; Uschi, Thomson und Cider. Er zeigte diese Fotos allen, die ihr Interesse bekundeten, und auch denjenigen, die es nicht taten, und bald kannte die ganze Station die drei kleinen Helden. Von Tag zu Tag ging es dem Mann, der sowohl die Wärme der Unterkunft als auch die drei geregelten Mahlzeiten sehr genoss, besser. Zwar humpelte er nur durch die Gänge und hustete viel, weil er sich eine Grippe eingefangen hatte, doch behandelten die Ärzte ihn gut. Täglich nahm ihm immer eine andere nette Krankenschwester Blut ab, und die Tage verronnen in ihrer gleichtönigen Ereignislosigkeit. Vor allem aber vermisste der Mann seine drei Katzen und stellte sich vor, wie sie jetzt wohl ohne ihn lebten. Uschi würde sich weiter nur an dem delikatesten Essen in seinem Gartenhaus bedienen. Thomson würde weiterhin in freier Wildbahn auf Jagd gehen, der kleine Streuner. Und Cider? Cider würde sich in seinen Sessel kuscheln, und auf ihn warten. Cider würde warten, bis er wieder da war.

*

*   *

Der Mann von nebenan

Eines Tages traf ich einen alten Mann, mitten auf der Straße. Herbert war sein Name, doch das wusste ich zu diesem Zeitpunkt noch nicht. Der Mann – er mochte um die 70 Jahre alt sein – machte einen ehrwürdigen Eindruck auf mich. Er schien zwar etwas tatterig, aber vor allem erschien er mir sehr weise.

Herbert war ein Mann, der wusste, was es bedeutete zu leben. Er musste in seinem Leben schon allerlei durchgemacht und so einige Pleiten und Niederlagen eingesteckt haben. Er war Alkoholiker, einer von den Guten. Er trank zwar viel und rauchte wie ein Schlot, doch er hatte immer ein offenes Ohr und war hilfsbereit, ohne dabei aufdringlich zu sein. Jeden Tag machte er seinen allabendlichen Spaziergang, um am Kiosk Alkohol und Kippen zu besorgen. Auf einem dieser Spaziergänge traf ich ihn, während ich vor der Haustür saß und las. Ich hatte mir den linken Fuß verstaucht, als ich beim Treppensteigen umgeknickt war. Notdürftig hatte ich mir eine Mullbinde um den Fuß gewickelt, um ihn ein wenig zu stabilisieren. So saß ich da, auf der zweitobersten Treppenstufe, das linke Bein hochgelegt und an die Wand gelehnt.

„Was hast du denn gemacht?", fragte Herbert mich, überraschend plötzlich und ohne Vorankündigung.

„Äh – ich habe mir den Fuß umgeknickt", antwortete ich, wahrheitsgetreu und auf die Schnelle auch zu keiner anderen Antwort fähig.

„Ouh, zeig mal her", sagte Herbert, und trat auf mich zu. „Ich war früher Sportlehrer." Herbert betastete meinen Fuß. Er nahm ihn in seine linke Hand und betrachtete ihn genau. „Kühlen und hochlegen.", riet er mir.

„Vielen Dank ...", stammelte ich und war überrascht von der offenen Freundlichkeit, mit der Herbert mir begegnete. „Aber, vielleicht gehe ich doch lieber zum Arzt", sagte ich.

„Mach das. Schaden kann das nicht. Nun gut, ich gehe jetzt auch zum Arzt – allerdings zum Augenarzt", sagte Herbert und setzte seinen Weg fort.